聊齋

（附思維導圖）

原著 蒲松齡
撮寫 黃慶雲

新雅文化事業有限公司
www.sunya.com.hk

世界名著 —— 啟迪心靈的鑰匙

文學名著，具有永久的魅力。一代又一代的讀者，曾從中吸取智慧和勇氣。

面對未來競爭性很強的社會，少年兒童需要作好準備，從素質的培養、性格的塑造、心理承受力的加強、思維方式的形成、智力的開發，以及鍛煉堅強的意志，都是重要的課題。家庭教育的單調、學校教育的局限、社會教育的不足，使孩子們面對許多新問題感到困惑。而文學名著向小讀者展現豐富的世界，通過書中具體的形象、曲折的情節，學會觀察人、人與人的關係，和錯綜複雜的社會矛盾。可以説，文學名着是人生的教科書，它像顯微鏡一樣，照出人的內心世界和感覺。通過書中人物的命運，了解社會，體會人生，不知不覺地得到啟迪心靈的鑰匙。而名著中文學的美，語言的美，更是滋潤心田的清泉。

然而，對於年紀尚小的讀者來説，這些作品原著的篇幅有些長，這套縮寫本既保留了原著的精髓，又符合小讀者的能力和程度，是給孩子開啟文學大門的最佳選擇。

著名兒童文學作家

葛翠琳

故事導讀

蒲松齡寫**《聊齋志異》**並不是以怪異的內容來滿足讀者的好奇心，而是寄托着批判社會黑暗，和歌頌追求光明的人的深意。

〈種梨〉是譏諷自私吝嗇的人，〈雷曹〉卻讚揚慷慨好施的人。〈促織〉和〈夢狼〉，用超現實的手法，寫了官吏的殘暴和百姓遭受的折磨。〈席方平〉不怕烈火燒、利鋸鋸，也要跟惡勢力鬥爭到底，連掌管生死大權的閻王也奈他不何。他的行為是值得歌頌的。〈畫皮〉是一篇膾炙人口之作。一個惡鬼竟會披着美人的皮去迷惑人，不比《狼外婆》更可怕嗎？

善和惡的鬥爭常常出現在《聊齋》的故事裏。勇敢的〈汪士秀〉把父親從魚精手上救回來。而可愛純真的〈張誠〉，對哥哥張訥友愛的行動特別動人。〈石清虛〉和〈黃英〉寫了一些人對石對花的特殊愛好。另外，蒲松齡也用了幽默的手法，寫了美和醜的觀念顛倒的〈羅剎海市〉。而〈嶗山道士〉對迷信神仙術士的人的譏笑更使人捧腹了。〈聶小倩〉和〈青鳳〉則塑造了可愛善良的鬼和狐。

《聊齋》的幻想豐富、寓意深刻和手法靈活，都是值得我們學習的。

目錄

思維導圖讀名著

思維導圖的圖像和結構是一種有效的學習工具，可以滿足不同閱讀風格和學習偏好的讀者需求。這種多元化的閱讀方式促使讀者更積極地參與閱讀，從而加深對作品的理解和感受。

《新雅·名著館：聊齋》（附思維導圖）在故事後增加了三張思維導圖，以思維導圖的方式解讀經典名著，幫助讀者更好地掌握故事的脈絡、分析人物性格並從故事中獲得深刻的感悟。

思維導圖 1 故事脈絡梳理

能夠幫助讀者更清晰地理解故事的脈絡和結構。通過視覺化的思維導圖，讀者可以一目了然地看到故事中的主要事件、情節發展，有助於讀者更好地把握整個故事的大綱，使閱讀體驗更加豐富和深入。

思維導圖 2 人物形象分析

提供了詳細的人物描述，包括他們的個性和心理狀態。這使得讀者能夠更好地了解每個角色的性格特點和變化，進一步推動故事的發展，更好地理解和體會作品中的人物。

思維導圖 3 主題思想及感悟

為故事的主題和重要場景提供了深入的思考方向，這有助於讀者更有意識地從作品中獲得深刻的思考和感悟，從而提升閱讀體驗的深度和價值。

通過思維導圖的結構，讀者可以輕鬆生成閱讀摘要，捕捉故事的主要觀點和重要細節，使讀者更能從文學作品中獲益。**開拓思維和想像力，產生新的見解、思考，深入了解作品的主題和內容，從而加強閱讀分析能力，提高語文水平。**

聶小倩

寧采臣，浙江人，心術端正，性情豪爽，待人誠懇。有一次，他要到**金華**[1]去辦點事，經過城北郊，在一座古廟卸下行李歇歇腳。這古寺的殿塔雄偉壯麗，不過很荒蕪，那些蓬蒿野草長得比人還高，看來很久沒有人來往了。東西兩邊的僧房，門都是虛掩着的。只有南面的小房間，門窗和門上面的鎖，都是新的。再看看寶殿東邊的角落，長着一片粗大的竹林，台階下有一個大水池，池裏野生的蓮花剛剛開花，幽香沁人心脾。因為朝廷學使到這裏開科取士，考生從省裏各地到來，客棧房租很貴，他心想不如就在這裏歇宿。於是，他在園裏閒步，等待和尚回來。

一直等到黃昏時候，才有一

知識泉

開科取士：科即科舉考試。朝廷舉辦科舉考試，用來選取成績優異的人入朝做官。這是公開考試，士人可以自由報考，即使出身寒微也可以透過科舉而入朝做官。

[1]**金華**：浙江省縣名。

個書生打扮的人回來。寧生就趨（qū，粵音吹）前行禮，告訴他想租這裏的房子。那書生説：「這裏沒有主人，我也是暫時寄居的。如果你不怕寂寞，住在這裏給我做個伴，早晚可以聽到你的教益，那就太好了。」寧生聽了，十分高興，找了一間空房，鋪了稻草做牀，支起了木板當桌子，就住了下來。

這天晚上，月亮當頭，清光如水，寧生和這位書生坐在佛寺的走廊裏，促膝談心。那書生説他姓燕名赤霞。寧生開始還以為他是來應考的本省人。可是聽他的聲音，又不像浙江的，就問他是哪裏的人，他説是陝西人。他的談吐純樸真誠，兩人傾心地談話，直到無可再談了，就拱手而別，各歸各的寢所了。

寧生因為剛到一個新地方，很久都睡不着，忽然聽到屋子北邊有人低聲説話，好像那裏也有人家。他覺得很奇怪，就披衣起身，輕輕伏着窗下聽聽他們説什麼。

在月光下，他看到矮牆外面，有一個小小的院子。説話的是一個四十多歲的中年婦人和一個身穿陳舊的暗紅色衣服，頭上插一把銀梳子，老態龍鍾的老太婆。那中年婦人說：「小倩為什麼這麼久還不來？」老太婆說：「也許就要到了。」那婦人說：「她對我們有什麼怨言沒有？」老太婆：「沒有，只是很不高興罷了。」那婦人說：「對待這丫頭，可不能太客氣！」

話還沒有說完，一個看來只有十七八歲長得非常美麗的少女到來了。老太婆便笑着說：「說曹操，曹操就到，你這小妖精不動聲色就出來，幸虧我們沒有說你的壞話呢！」那中年婦人就拉着那少女，嘀嘀咕咕不知道在說什麼。寧生覺得那是鄰家的事，不必管它，就上牀睡覺去了。

不久，一切都沉寂了，寧生也快睡着了。忽然，他覺得好像有人來到他的房間，他急忙起來看看，原來是剛才北院那位美麗的少女。他問她來幹什麼，那少女微笑着，說：「月色這麼皎潔，反正也睡不着，想來和你做個伴兒。」寧生正色對她說：「孤男寡女，深夜共處，偶一失足，就廉恥喪盡。人言可畏，你我都須要警惕呀！」那少女說：「更深夜靜，有誰會知道呢？」寧生很生氣，當面叱責了她。這少女可

還不肯出去，徘徘徊徊好像還有話要說。寧生又斥責她說：「你還賴着不走，我就要喊南舍那位先生來了！」那少女吃了一驚，才離開了。

可是，那少女剛走到門外，又轉回來，拿出一**錠**[1]黃金，放在寧生的牀上。寧生隨即把黃金錠丟到門外台階上，說：「這不義之財，弄髒我的口袋！」那少女滿面羞慚地把金錠拾起來，自言自語地說：「這漢子真是鐵石心腸！」

到了第二天，有個蘭溪縣的考生，帶了一個僕人，到來應試，就住在東面的廂房裏。到了深夜，突然死了。他的腳底有一個小洞，流出小量的血，好像被人用針刺穿的。過了一夜，那個僕人也突然死了，症狀也和他的主人一樣。

晚上，燕生回到寺裏的時候，寧生問他這兩個人的死因。燕生說這是鬼怪作祟。寧生生性耿直，不怕鬼也不信邪，就不以為意。可是，到了半夜，那少女又來了。她態度非常誠懇地對寧生說：「我從沒見過

---

[1]**錠**：指金屬或藥物等製成的塊狀物。這裏作量詞用。

像你那麼正直的、意志堅強的人，你簡直就是聖賢，我不敢欺騙你。我叫聶小倩，十八歲那年就死了，葬在寺院旁邊，死後受到**夜叉**[1]鬼的威脅，要做這傷天害理、見不得人的事，我其實不是甘心情願的。現在寺裏再沒有可殺的人，恐怕夜叉鬼就要親自動手來取你性命了。」

寧生這才吃驚了，便問小倩怎樣才可對付這兇惡的夜叉。小倩說：「你和燕生同室居住，就可以避過。」寧生說：「你為什麼沒有迷惑燕生呢？」小倩說：「他是一個奇人，鬼怪不敢近他。」寧生說：「你用什麼手段去迷惑人呢？」小倩說：「那些接近我的人，我用椎子刺穿他的腳底，使他昏迷過去，我就取了他的血供給那些夜叉。或者用金錠去誘惑他，那些金錠不是真的，是夜叉的骨頭變的。如果那個人貪心把金錠留下來，它就會挖人的心肝。財色這兩樣東西，可不是人們喜歡的嗎？」

[1] **夜叉**：一種形象醜惡恐怖、兇惡殘暴、會傷害人的鬼。

寧生非常感激她，問她夜叉什麼時候要來，她說：「就在明天晚上。」

臨走的時候，小倩哭泣着說：「我墮落在苦海裏，無法靠到岸邊。你是一個**義薄雲天**[1]的人，一定能夠救我脱離苦海。如果你把我的屍骨取出來，好好安葬，就是**再造**[2]之恩了。」寧生毅然答應，問她葬在哪裏，她說：「只要記住，白楊樹上有個烏巢的就是。」説完，一閃出門，像煙霧一樣消失了。

第二天，寧生怕燕生出了門，一早就去請他來喝酒談心，晚上又約他睡在一起。燕生説自己性情孤僻，喜歡一個人獨睡清靜些，但是寧生堅請他來，把他的被鋪也搬來了。燕生只好把牀也移到寧生房間，叮囑他說：「我知道你是一個光明磊落的人，我很高興接近你。但是我有些心裏話，還不到對你表白的時候，總之，請你不能翻開我的箱子看，否則對我們兩人都沒有好處的。」寧生答應了。於是，燕生就把他的箱子放在窗台上，很快就上牀，不久就鼾聲如雷了。

---

[1]**義薄雲天**：義氣比天還要高，比喻高義。

[2]**再造**：再生的意思。

寧生這時卻無法入睡，近一更時分，窗外隱隱約約出現了一個人影，一直把臉貼到窗上探視房間，眼裏閃着兇光。寧生害怕起來，正想把燕生叫醒，忽然有一件閃着白光的東西，從燕生的箱子裏飛了出來，碰斷了窗上的石格子，猛地向外一射，又飛回箱子裏，就像閃電一樣。

燕生給驚醒了，立刻起牀。寧生假裝睡着，看看他的動靜。只見燕生把箱子捧起來檢查一番，然後從裏面取出一件小小的東西，對着月光照了一會，又在鼻子下嗅了一下。這件東西閃着晶瑩的白光，有兩寸那麼長，像一片韮菜葉那麼寬。看完了，燕生又把它層層包起來，仍舊放在箱子裏，嘴裏嘀咕着：「哪一個老妖怪，這麼斗膽，竟敢弄壞我的箱子！」説完，又重新躺下睡覺了。

寧生覺得很奇怪，索性起身，把他看到的一切告訴他，問他這是怎麼一回事。

燕生説：「我們既是知心朋友，我也不必向你隱瞞，我其實是一個劍俠。剛才如果不是窗台上那條石格子擋住，那傢伙就會當場給我殺死了的，現在，

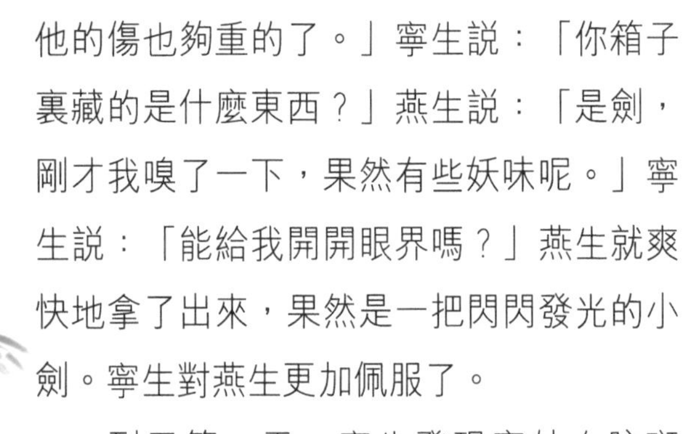

他的傷也夠重的了。」寧生說：「你箱子裏藏的是什麼東西？」燕生說：「是劍，剛才我嗅了一下，果然有些妖味呢。」寧生說：「能給我開開眼界嗎？」燕生就爽快地拿了出來，果然是一把閃閃發光的小劍。寧生對燕生更加佩服了。

到了第二天，寧生發現窗外血跡斑斑，就是那妖怪留下的。他走到寺北，那裏荒墳纍纍。有一個荒墳上面，果然有一棵白楊樹，樹頂有一窩烏鴉，他便知道這就是聶小倩的墓了。

後來，寧生在金華辦完了事，整理行裝，就要回家。燕生很殷勤地給他**餞行**[①]，還把一隻破革

[①]**餞行**：設置酒食送行。

囊送給他，説：「這是我的劍囊，別看這件東西那樣破舊不堪的樣子，留在身邊，也可以給你避開那些**魑魅**[①]的。」

寧生很想他傳授些劍術給他。燕生説：「你這人剛強正直，很有劍客的資質，不過你還是要在塵世中安家立業的人，不能像我們那麼闖蕩江湖的。」

寧生便拜謝了他，托詞説自己有一個妹妹葬在這裏，要把骸骨遷回家鄉，就把小倩的屍骨掘了出來，用被子包裹着，租了一隻船載走了。

寧生回到家鄉，恐怕驚動了母親，沒有直接歸家，先在自己的書齋外邊的郊野裏，把小倩的屍骨埋葬了。他還特地寫了幾句詩，在墳上讀給她聽：

我把你這少女的孤魂，
埋葬在我的書齋旁邊。
你唱歌，你痛哭，
我都聽得見，
誰也不敢欺負你，

---

①**魑魅**：chī mèi，粵音癡味。妖魔鬼怪。常常和魍魎並提：魑魅魍魎。

讓你好好安眠。

請喝一口泉水吧，

它不甘香——

可那是我的貢獻！

讀過了，把它燒了，寧生也就走了。忽然後面有人把他叫住，「慢點走，等等我啊！」他回頭一看，原來就是小倩。她很快樂地向他表示感謝，說：「你對我情高義重，我就是再死十次也報答不了你的大恩，請你帶我去拜見**令堂大人**[1]，就是當丫頭我也是願意的。」寧生從前見她都在夜裏，這時才在光天化日之下，把她看得清清楚楚，看到她臉色像朝霞，肌膚如白雪，比從前更嫵媚了。

寧生把她帶到書齋，自己先到屋裏稟告母親。母親一聽，大驚失色。可是這時小倩已經進來了，拜倒在地上。寧生就告訴母親說：「她就是我說的聶小倩！」

母親還沒有定過神來，小倩就對她說：「小倩遠

---

[1] **令堂大人**：對別人母親的尊稱。

離父母兄弟，孤零零一個人，幸蒙寧公子照顧，把我帶到這裏。我願意**委身**①公子，大小家務，都甘心操勞。」母親看清楚小倩端莊的外表，聽到她那文雅的談吐，才敢和她說話，於是就回答她：「你那麼賞識我的兒子，我很高興，但是我一生只有這一個兒子，我們靠他來延續寧家的香燈的，怎敢讓他討一個女鬼做妻子呢？」

小倩說：「我只是想報答公子的大恩，如果不便嫁給公子，那我就認公子做哥哥，我像女兒那樣侍奉你吧。」母親見她誠懇，就答應她了。

知識泉

延續香燈：即生育下一代的意思。香燈就是拜祭時燃點的燈，中國傳統十分重視拜祭祖宗，而祭祀祖宗的工作必須由男孩子來承擔，所以古時的家族十分重視生育男孩子。

小倩就捲起了衣袖，到廚房去，洗菜做飯一切都做得井井有條，但是母親仍然對她有些害怕。到了晚上，沒有給她準備牀鋪，只叫她回去睡覺。小倩也猜到母親的心思，便悄然離開。她經過寧生的書齋時，想進去又不敢，在門外徘徊着。寧生見了，便招

①**委身**：嫁的意思。

呼她進去。小倩說：「你的房間劍氣逼人，我不敢進來。」寧生這才想到她怕的就是燕生那個劍囊，就拿來掛到別處去了。

小倩進來了，和寧生共坐在燭光之下，請寧生教她讀她生前讀過的經書。直到深夜才離開。

這樣過了很多天，小倩操持家務，照顧母親，非常周到。母親漸漸忘記她是一個「鬼」。小倩的生活習慣也漸漸改變，起初什麼東西都不吃，半年就吃些稀飯，還吃人們吃的東西呢。

母親越來越喜歡小倩，終於同意她和寧生結婚。到婚禮舉行那一天，賓客滿堂，新娘盛妝出來見客，親友們看得眼花繚亂，沒有人想到她是鬼，簡直以為她是神仙下凡呢！小倩還會畫蘭花和梅花，親友送她禮物，她就回贈一張畫，大家都十分珍視它，好好地珍藏着。

有一天，寧生和小倩在家裏的時候，小倩在窗前一望，忽然好像有所顧慮似的，問寧生說：「你把燕生的劍囊放到哪裏去了？」寧生說：「因為你害怕它，我已把它收起來了。」小倩說：「我現在已感染

了人的生氣，再不害怕它了。你還是把它拿出來，掛到牀頭吧！」

寧生便問她為什麼突然要把劍囊掛在牀頭，她說：「這三天來，我常常感到**怔忡不安**[1]。可能是金華那母夜叉，痛恨我逃避了她，早晚要找到這裏來呢。」寧生聽了，便把劍囊找來。小倩把它放在手裏，反覆細看，說：「這是劍客用來裝人頭用的。看它破舊成這個樣子，不知殺過多少人呢。我今天看見它，還害怕得發抖！」於是，就把劍囊掛在牀頭，第二天，又把它移掛到門上。

當天夜晚，小倩點起了蠟燭，坐到桌子旁邊，叫寧生也不要睡覺。不久，就有一件東西，驀地落到門口，就像一隻猛禽從天而降一樣。小倩慌忙躲到牀邊的帳幕裏。寧生看看剛才那件東西，好像是一個夜叉，目光如電，舌紅如血，張牙舞爪的走過來，到了門前突然退後兩步，徘徊了好一會，才敢逐漸靠近門口，伸出利爪去攫取那劍囊。忽然「格」的一響，劍

[1]**怔忡不安**：心驚膽跳，很不安定。

囊馬上膨脹起來，像兩個籮筐那麼大，從裏面冒出了一個怪物，突出了半身，一手把夜叉抓到劍囊裏去，聲音一下子變寂靜了，那劍囊又縮回原來的大小了。

寧生看了，十分詫異，之後高興地說：「平安無事了！」兩人往劍囊裏一看，只有幾斗的清水罷了。

後來，小倩就像一般人一樣生活着，還生了孩子，和寧生一起，過着快樂的日子。

種梨

在一個熙熙攘攘的市場裏，人們給一陣陣撲鼻而來的梨子香氣吸引住了，便都走過來看看，原來那香氣是從一部牛車上散發出來的。牛車上載着一個個新鮮的梨子，賣梨子的是一個從農村來的販子。這販子高聲叫賣，好不神氣！但是一問價錢，人們都嚇得把舌頭吐出來，因為太貴了！

這時，來了一個道士，頭上戴的道巾是殘舊的，身上的道袍也破爛不堪，肩上扛着一把鋤頭，大概走路走得又累又渴，經過牛車旁邊，彬彬有禮地請那販子給他一個梨子解渴。那販子對他毫不同情，一口拒絕了。但是道士還一再懇求，那販子給惹火了，高聲喝罵，硬是叫他馬上滾蛋。道士卻淡淡的說：「這車子的梨子就有幾百個，**老衲**[1]不過只想要一個罷了。

[1] **老衲**：道士的自稱。衲是袍子的意思。道士是常常穿着道袍的。

這對**居士**[1]沒有多大損失的，何必那麼動氣呢？」

旁邊一個店員看不過眼，便掏錢出來，買了一個梨子給那道士。

那道士接過了梨子，反覆欣賞，道：「多香甜的梨子，看了也叫人流口水，我一個人吃未免太可惜了。我們出家人從來不自私、不吝嗇的，我正想大家都嘗一嘗這麼美味的梨子啊！」

旁人笑着説：「你有了梨子就好好的自家吃吧，要是你有許多梨子請客，何必又向人家要呢？」

道士説：「噢，我讓人家把梨子要來不是為了自己吃的，不過是要那梨子的核來做種子，把梨子種出來請大家吃。」

説完他就把梨子吃了，把梨核吐出來，從肩上把鋤頭拿下，把地上的土翻開，一翻一覆，真的就把梨核種了下去。

[1] **居士**：僧道對人客的尊稱。

然後，他又說：「種子種下了，就得澆水。冷水太慢不頂用，誰給我一些開水呢？」店員覺得他好玩，就把開水給他。他的舉動吸引了很多途人圍觀，連那梨販子也走過來看他要弄什麼把戲。

那道士接過了開水，把水灑在泥土上，口裏唸唸有詞的說：「開水來，開水來，開水來了梨花開。」他的聲音像音樂一樣。嘿！土裏的核聽到這歌聲，就竄出了一條青翠的苗兒，開呀開呀開了枝散了葉，長呀長呀長成了一株婆娑的梨樹，眨眼就開了無數的白濛濛的花朵，每朵花都結成了又圓又大、芳香四溢的梨子。道士爬上樹把梨子摘下來分給圍觀的人們，分呀，分呀，片刻就把梨子摘完、分光了。

於是，道士就揮動了鋤頭，叮叮咚咚，好一會，把樹砍斷了，連枝帶葉，扛在肩頭上，揚長而去了。

路人都吃得齒頰留香，十分滿意，那梨販看得忘乎所以，這時才回到自己的牛車去。可是，那滿車子的又大又香的梨子一個也沒有了。他這時才猛然省覺，剛才道士分給眾人的梨子，原來就是他的。他正恨得咬牙切齒，又發現到牛車的木把手不見了，便回

到市場上找，發現車把已被鑿斷，丟在牆角裏，斷口是新的，那就是剛才被那道士用鋤頭砍斷的梨樹。

他氣得瞪目結舌，可是他聽到的都是周圍的笑聲，因為人們不但看到一場精彩的魔術，還欣賞了一幕喜劇呢！

畫皮

王生，**太原**[1]人。有一天清早趕路，看見前面一個女人，抱着一個包袱，慌慌張張，非常吃力地走着。王生加快了腳步，追上了她，原來是一個年輕貌美的姑娘，就不禁動了心，問她為什麼一清晨就獨個兒走路。那女子說：「你只是一個過路人，無法替我分憂的，告訴你又有什麼用？」王生便說：「你有什麼困難，如果我可以盡力解決，我決不會推辭的。」

那女子就淒涼地說：「都怪我的父母貪錢，把我賣給人家做小妾。那主人的大老婆十分妒忌我，日日夜夜，不是咒罵就是毒打，我實在忍受不住了，只好逃跑出來。」王生說：「那麼，你要跑到哪裏去呢？」那女子說：「我只管逃命，逃到哪裏就是那裏。」

王生便說：「我住的地方離這裏不遠。如果你

[1] **太原**：在今山西省。

不嫌棄，就委屈你住在我家裏好麼？」那女子很高興地答應了。王生便幫她拿了包袱，帶她回家。女子看見屋子裏沒有別人，便問王生說：「為什麼你家裏沒有別人？」王生說：「這是我的**書齋**[①]。」女子說：「這就太好了！如果你真的同情我，要救我一命的話，那你就千萬別把這秘密洩露出去。」王生一口答應，就留着這女子住在密室裏，好幾天過去了，家裏的人都不知道。

其實，王生是早已結了婚的，不久，他稍稍露點風聲給他的妻子陳氏。陳氏聽了，大嚇一驚，她懷疑這女子是大戶人家的小老婆，勸王生把她送走，免惹是非，可是王生才不聽她的呢。

一天，王生偶然上街去，遇見了一個道士。道士望着他的臉，露出驚訝的神氣說：「你最近遇見過什麼怪事沒有？」王生說：「沒有！」道士說：「你身上分明被一股邪氣圍繞着，怎麼會沒有！」王生又堅持着說真的沒有。道士一邊走一邊說：「真是執迷不

[①]**書齋**：即是書房。

悟！已經死到臨頭，還不清醒過來！」

王生覺得道士的話很奇怪，便對那女子起了懷疑。但是他又想，她分明是一個美麗的、温柔的女子，怎麼會是害人的妖精呢？可能是道士危言聳聽，想靠着捉妖來騙財的。

跟着，他就走回書齋去了，看見齋門關着，沒法子進去。他心裏就疑惑起來，先不去敲門把那女子驚動，卻翻過矮牆，放輕腳步走到窗下去。

這時，他悄悄地往裏面看看，只見一個面目猙獰的惡鬼，有着青色的臉和鋸子似的牙，把一張人皮鋪在牀上，手裏拿着一枝筆在上面描圖着色。畫好了，把人皮拿在手上，像抖動衣服似的把它抖了幾下，然後就披在身上，一下子就變回那千嬌百媚的女子了。

王生看到這個情景，嚇得魂不附體，急急地想把這道士追回來，但那道士已經不知去向了。王生四處尋找，最後在郊外找到了他，便跪下來向他求救。道士說：「那麼我就給你把這妖怪趕走吧！這個妖怪也挺可憐，剛剛找到一個人做牠的替身，就遇上了我！可是，牠還沒有加害於你，我也不忍殺牠，就饒牠一命吧！」道士就把手上的拂塵交給了王生，叫他把拂塵掛在寢室門上。約他第二天早上到青帝廟見面。

知識泉

拂塵：一種長柄前附有一束獸毛或麻的工具，古人用它來拂去塵埃。這也是僧道的常用器物。

王生回家，把事情告訴他妻子，他又悔恨又害怕，不敢再到書齋去。晚上，在自己的寢室裏和妻子在一起，把道士的拂塵掛在門外，心驚膽戰，哪敢合眼睡覺呢！

到了一更時分，王生聽到門外響起了的的篤篤的聲音，他慌作一團不敢起來。陳氏一看，原來真的是那女子走來了。她一望見門上掛的拂塵，不敢進來，對着它恨得咬牙切齒，好一會才走了。

但是，不一會，那女子又回來了，她大罵說：「這該死的道士想唬嚇我，難道要我把吃到嘴裏的肉再吐出來嗎？」她把拂塵扯了下來，幾下子就折斷了。然後，她把門撞開，徑自到王生睡的牀上，把他的肚子撕開，把他的心挖了出來。陳氏又驚慌又悲痛，死死把王生的心搶過來，那女子說：「人已死了，有心肝沒心肝有什麼分別！」冷笑一聲就走了。

陳氏叫丫環點起蠟燭來，看見王生真的血肉模糊，已經斷氣了。陳氏還是抱着他的心不放。她想起那道士早上在青帝廟等待王生，便叫王生的弟弟二郎快快把事情向道士報告。

道士聽了二郎的報告，便大怒說：「我本來可憐牠，想不到那妖怪如此膽大妄為！」他就跟着二郎到王生的家裏，到了那裏抬頭四望，說：「幸虧還沒有跑得很遠。」他便問二郎：「南邊的院子是誰的家？」二郎說：「是我的家。」道士說：「那妖怪就住在你的家裏。」二郎吃了一驚，說：「怎麼可能呢？」

道士說：「早上有沒有一個陌生的人到你家裏來？」二郎說：「我一清早就到青帝廟和你見面，不知道家裏發生什麼事，我回去問問吧。」過了一會，二郎回來說：「早上有一個老太婆來，願意到我家做傭人，我妻子就把她收留了，現在還在家呢。」道士說：「就是那妖怪了。」

道士跟二郎到他的家，手握木劍，站在庭院中心，大喝一聲：「惡鬼，快賠我的拂塵來！」那老太婆愴惶變色，衝出門來想逃跑，那道士追上一劍，老太婆便倒在地上，身上的人皮嘩地一聲脫了下來，露出了惡鬼的原形，像豬那樣滾地號叫着。道士用木劍把牠的頭砍了下來，牠的身體馬上化為一團濃煙，貼在地上。道士拿出一個葫蘆來，把塞子拔開，放在濃煙當中，葫蘆就嗖嗖地把煙吸進去，一會兒就乾淨了。大家再看看

知識泉

葫蘆：瓜類，摘下來曬乾，把裏面挖空了，可以裝水、酒或其他東西。道士常常用它來裝藥。

那塊人皮，眉毛眼睛，四肢都畫得好好的，道士就把它像一張畫那樣捲了起來，把它收到背囊裏，向大家辭別，就要走了。

這時，陳氏便哭着，哀求他把王生救活。道士說：「王生死了，連心肝都被挖出來了，我哪有本事救他呢？」

陳氏說：「他的心肝雖然被挖了出來，但我一直在抱着它，現在還是有暖氣的。請你可憐可憐他吧！」

道士說：「他的心肝還有暖氣，那不是他自己的暖氣，是夫人的心把暖氣傳給他就是了。夫人對丈夫那樣真心，誰也會受感動，我會盡力而為，不過，我可憐的不是王生而是夫人啊！」

於是，道士就叫陳氏把王生的心仍放回王生的心腔裏面。他唸着咒語，舞着木劍，王生的心腔復合，人也復活了。

王生夫妻向道士道謝。從此，他們過回正常的生活，王生後來也改掉輕佻的行為了。

席方平

席方平，東安縣人。他的爸爸叫席廉，性情憨厚，席方平非常敬愛他。有一次，席廉因為一點小事得罪了同鄉的富戶羊某。那羊某後來病死了。

不久，席廉也害了病，而且越來越重。**瀕危**[1]的時候，對席方平說：「我很痛苦，因為那羊某收買了陰間的官，將我拷打呢！」跟着，他便全身紅腫，慘叫了一番就氣絕了。

席方平悲痛萬分，連飯也吃不下。他說：「我爸爸生前老老實實，不是一個能說會道的人，如今死了還要受惡鬼欺負，我一定要到陰間去，代他伸冤啊！」從此，他不聲不響，時而坐下，時而站着，好像傻子一樣，原來，他的靈魂已經離開他的身體了。

席方平的靈魂出了竅，他自己也不知道，只覺得迷迷糊糊的出了家門，一心只想着給爸爸伸冤，便向

---

[1] **瀕危**：病重到快要死的時候。

路人打聽，到陰司的路該怎麼走。終於，他到了一個城市，他又向人打聽，知道父親被關進監牢裏。他到了監獄，看見他爸爸躺在禾草堆上，樣子十分可憐。爸爸看見了席方平，眼淚嘩啦嘩啦地流下來，說：「那獄官受了羊某的賄賂，不分日夜的拷打我，腿都差不多打斷了。」

席方平大怒，把獄官大罵，說：「我父親要是犯了罪，應當依照王法處埋，難道可以任由你們這些惡鬼胡作非為嗎？」遂走出去，拿出筆來，寫了一張狀詞。趁着**城隍**①早上在公堂審案，就大喊冤枉，把狀子遞了上去。

羊某知道了席方平告他的狀，就害怕起來，又用錢把官衙上上下下的人都買通了，這才上堂聽審。結果城隍就說席方平沒有真憑實據，控罪不能成立。

席方平氣忿極了，只好另找地方上訴。他日夜不停地走路，好不容易走了一百多里，才找到了**郡司**②，又寫了一個狀子，把城隍那裏的差役的黑暗情

---

①**城隍**：傳說是陰間的官吏。

②**郡司**：比城隍高一級的冥官。

況，向郡司揭發。哪知道郡司拖了半個月才審問，更不管是非曲直，就先把席方平打了一頓板子，然後批他再回到城隍那裏聽候復審。席方平把批文交到城隍手上，當然又再受一番酷刑，冤情也無從得訴了。

城隍怕席方平再控告他，便叫兩個陰差，押他回家，到了家門，陰差走了。席方平卻不進去，轉頭一直跑到閻王殿那裏，控告郡司和城隍貪贓枉法，陷害良民。他想，閻王是陰間的王，一定會還他一個公道的。果然，**閻王**[①]看到了狀子，認為事情嚴重，發出傳票要把郡司和城隍都抓來，和他對簿公堂。

郡司和城隍想不到席方平這麼厲害，一時着了慌，偷偷派了親信來，找席方平說情，只要他肯收回訟狀，就給他一千兩銀子，席方平斷然拒絕了。

過了幾天，席方平住的那家旅店主人對他說：「你太倔強了，連官老爺來求情你都不肯答應。聽說這兩位大官都寫了信給閻王，他們都是**官官相衞**[②]的，這一回你死定了。」但是席方平想這只是道聽途

[①]**閻王**：傳說中陰司的王，主管人的生死和死後的刑罰。

[②]**官官相衞**：官和官之間總是彼此互相保護和包庇對方的。

説，也就不把它放在心上。

過了不久，有一個黑衣差役到來把席方平傳去。一進閻王殿大堂，只見閻王滿面怒容，不容分說，就下令先把他打二十大板。席方平大聲問：「我犯了什麼罪？」閻王好像沒聽見一樣。席方平一板一板的挨着打，卻大聲喊着：「該打！該打！誰叫我沒有錢呢！」

這一喊，閻王更氣了，吩咐鬼卒把席方平放在火牀上。兩個鬼卒就把席方平揪了出去。只見在東邊台階上，擺着一張鐵牀，底下是熊熊的火苗，把牀面燒得通紅。鬼卒把席方平的衣服剝個精光，拋到火牀上，翻來覆去地把他連揉帶搓，他痛徹心脾，皮膚都燒得焦黑了，只恨不能馬上死去。這樣捱了一個時辰。鬼卒說：「夠了！」就扶他起來，催他下牀把衣服穿上。他總算還可以一瘸一拐地又回到大堂上。閻王問他：「你還敢再上訴嗎？」席方平説：「大冤未伸，寸心不死，要是我説不上訴，那是欺騙大王，這狀是非告不

知識泉

時辰：古代人把一天劃分為十二個時辰，一個時辰等於現在的兩個小時。

可！」閻王說：「你的狀詞怎麼寫？」席方平說：「我親身經過的，都要說出來！」

閻王更氣了，叫鬼卒拉他下去受鋸刑。

兩個鬼卒把他拖下去，只見那裏豎起一根木樁，有八、九尺之高。下面橫放着兩塊木板，板上血跡斑斑，一片模糊。兩個鬼卒正要將席方平綑起來的時候，忽然聽到堂上大叫「傳席方平！」於是又把他押回去。閻王又問他：「你還敢不敢告狀？」席方平斬釘截鐵的說：「非告不可！」閻王便下令：「馬上拉下去，開鋸！」

鬼卒又把席方平拉了出去，用那兩塊大板把他夾住，綁到木樁上，開始鋸起來。剛一下鋸子，席方平便覺得天靈蓋逐漸裂開，痛不可當。但他還是咬住牙關忍受着，不叫一聲痛。只聽得一個小鬼說：「好一個硬漢子！」等到那鋸子鋸到胸口的時候，那另一個小鬼又低聲的說：「這個人為父伸冤，是一個大孝子，我們把鋸子稍稍偏一下，別鋸傷他的心吧！」兩個小鬼把鋸子彎着鋸過去，席方平就痛得更厲害了。

最後，席方平的身體被鋸成兩半了。木板一解

開，兩片身子都跌到地上。小鬼上殿，向閻王回報。閻王又下令，把席方平的身子合起再來見他。兩個小鬼就把兩片身子一推，又合成一個身子了，兩個小鬼拖着他就要走。他覺得身體中間還有一條縫痛得要再裂開，剛走半步，又摔倒了。一個鬼卒從腰上解下一條絲帶送給他，說：「送給你這條絲帶，報答你的孝行。」他接過來縛到腰上，就覺得又恢復了力氣，不覺得疼痛了。他就到了堂上，跪下來聽審。閻王又一次問他還要不要告狀。席方平恐怕再受毒刑，就回答：「不再上訴了。」閻王立即叫鬼卒把他送回陽間。鬼卒領着出北門，指點了他回家的路，轉身就回去了。

席方平心裏想着，原來陰曹地府的黑暗和殘暴，比人間有過之無不及的。既然，人間、陰間都無法伸冤，那只有告到玉皇大帝那裏去了。但是怎能到天堂去呢？他聽人家傳說，二郎神是玉皇大帝的外甥，喜歡為人打抱不平，伸張正義，南邊**灌口**[①]就有一座二郎

[①]**灌口**：即現在四川灌縣。

廟，何不去求求二郎神呢？他就轉過身朝着南面走。

但是，才到了半途，那兩個鬼卒又追了上來了。他們説：「大王猜測你不會回家，現在果然如此。」又把他帶回閻王那裏。

席方平想這時閻王一定火上加油，不知道還要用什麼更殘酷的手段來對待他。但是出乎意料之外，閻王這時一點嚴厲的顏色也沒有，只是温和地對他説：「你果然是一個孝子！你父親的冤屈，我已給他昭雪，現在他已投生到一個富貴人家去了。哪裏還需要你到處為他鳴冤叫屈呢！現在我把你送回陽間去，賞賜你萬貫家財，百歲高壽，你也該滿足了吧！」他把這決定寫到**生死簿**①上，蓋上了大印，給席方平親自過目，席方平便向他拜謝，離開了閻王殿。

那兩個鬼卒跟着席方平一道出城，到了路上，一面催他走，一面打他罵他：「你這奸滑的賊骨頭，三番四次的耍花樣，害得我們奔波得要命，你再敢搗亂，非把你提到大磨裏，磨個粉身碎骨不可！」席方

---

①**生死簿**：傳説中閻王管凡人生死的本子。

平也睜大了眼睛斥喝他們：「小鬼，你們想幹什麼？我席方平耐得住烈火燒，刀子鋸，就是不耐煩你們囉嗦打罵！不如我們就回去見那閻王，要是閻王肯讓我自己走，我也不用你們送什麼行呢。」說完，扭轉身子便往回跑，那兩個鬼卒害怕起來，用好言好語勸他回來。席方平受苦多了，不那麼容易受騙，心裏想着，如果閻王真的還我公道，為什麼小鬼還那麼兇呢？他便故意磨磨蹭蹭，慢條斯理的走，走走又在路旁歇歇，那兩個鬼卒只好敢怒而不敢言。

走了半天路，才到了一個小村莊。有一戶人家的門半開半閉。鬼卒叫席方平和他們一起坐下來。席方平坐在門檻上。兩個鬼卒趁他不在意，一手把他推進門內。席方平嚇了一驚，定神一看，原來自己已經投胎到了這裏，變成了一個小嬰兒了。

席方平這才想到閻王的布局，其實就是根絕他再上訴之路，他便哇哇大哭起來，堅決不喝一點奶水，結果，三天之後，就餓死了。他的靈魂又重新走出來，怎麼飄蕩着也好，總是不忘記要到灌口二郎廟那裏，他一直奔跑了幾十里，忽然遇見一隊行列，張

着黃金飾的羅傘蓋，舉着彩色的旗幟和閃光的刀戟，簇擁着一部車子，迎面而來。他慌忙穿過大路避開，那知道反而衝撞了開路的隊伍，被抓起來送到車子面前。

席方平抬起頭來，看見車裏坐着一個少年，儀表堂堂，高貴不凡。少年問席方平是什麼人。席方平滿懷冤屈，無處可訴，心想這個少年這麼聲勢顯赫，可能是一個高官，可以給他說句公道話，就詳細訴說了他的遭遇。那少年就叫人給他解了縛，讓他隨着車子上路。

一會兒他們就到了一個地方，十多個官府大員在路旁恭候，上前拜見。那少年向他們一個個問話。最後，他指着席方平對一個官員說：「他是下界凡人，正要到你那裏申訴，應該迅速給他解決。」席方平私下問問身旁的人，原來這就是玉皇大帝的九王子。

聽他吩咐的恰就是他要找的二郎神呢。席方平再認真地去端詳那二郎神，他是一個雄偉高大、滿臉絡腮鬍的人，並不像世上所傳的短小精悍的個子呢。

九王子離開了，席方平跟二郎神到了一個衙門。

原來他的父親、羊某和獄卒都在那裏，一會兒，來了一輛囚車，裏面出來的幾個犯人就是閻王、郡司和城隍哩！幾方面當堂對質，證實席方平說的全是事實。那三個官員——閻王、郡司和城隍都發起抖來，跪在地上像縮頭的老鼠。二郎神提筆在手，寫下了一篇判詞，傳給案中的人共看。

判決的結果是：

閻王身居王爵，本應該做官僚的表率，不該狠毒貪婪。只管自己大擺排場，以致上行下效，斧頭敲鑿鑿入木，鯨魚吞魚魚吞蝦。因此要用西江的水，給你灌洗心腸，燒紅火牀，請君入甕。

城隍郡司，貪贓枉法，實屬人面獸心。應當拔髮剝皮，從此洗心革面，罰令到下界投胎，轉為畜生。

那些作惡的獄吏鬼卒，也該按法懲罰。

羊某作惡多端，從人間到地府都施行賄賂，根源就在於他斂積了

知識泉

請君入甕：自作自受的意思，源自唐代一個故事。唐代的酷吏周興犯了罪，另一個大臣來俊臣審問他，問他：「你有什麼方法叫囚犯認罪？」周興說：「燒紅了一個大甕，讓他進去。」來俊臣就說：「現在我就燒紅一個大甕，請君入甕。」

許多財富，罰令把他的家財抄沒，全部判歸席方平，酬報他的孝行。

二郎神又對席廉說：「你為人老實懦弱，無辜受害，幸虧你的兒子剛強不屈，給你伸冤，現在還你公道，再賜你陽壽三紀，使你等重享天倫之樂。」

跟着，二郎神就使金甲神兵把席方平父子兩人送回家裏。

知識泉

三紀：我國古代，以十二年為一紀，三紀就是三十六年。

這樣，席方平父子兩人，又復活了。他們十分快樂，勤奮地耕田種地，三年之後，買了許多良田，而這些，本來都是羊家的產業，因為羊家越來越沒落了。

青鳳

山西太原有一戶姓耿的人家，原來是一個富貴人家，住的是很大的府第，後來家道中落了，許多房舍，都沒有人住了，因此常常有些古怪的情發生。例如那些房門常常自開自關，半夜裏常常人聲嘈雜等等。姓耿的害怕起來，索性搬到別的地方去，只留下一個老人看門。這一來，那地方更荒蕪了。不過，每到半夜，不時會聽到一些說說笑笑，或是音樂的聲音。

姓耿的有一個姪子，名叫去病，為人豪放，天不怕，地不怕。他對這宅子產生了好奇心，他吩咐那看守的老人，如果看到有什麼怪異的事，馬上來告訴他。果然，有一個晚上，老人望見樓上出現了燈光，忽明忽暗，便跑去通知耿去病。耿去病聽到了，就立刻要去看看究竟是什麼一回事，老人勸阻他，他也不聽。

耿去病到了那廢宅，那是他從前熟悉的地方，晚上也能認路，他撥開了亂蓬蓬的野草，轉彎抹角的走到那層樓上。起初，他沒看見什麼特別的東西，他拐過彎去，才聽到有人說話的聲音。他偷偷的窺看，那裏燃起了一對大蠟燭，光照一室。有一個老翁戴着儒生的帽子，坐在桌前，一個四十多歲的婦人坐在他對面。另外還有一個少年，大約是二十歲左右，一個女郎坐在少年旁邊，看樣子才十六、七歲。他們圍着桌子坐，桌子上擺着珍饈百味，他們邊吃邊說笑，快樂得很。

耿去病闖了進去，叫着：「**不速之客**①來了！」那些人見了，都紛紛逃避，只留下那老翁一個人在那裏。他大聲的向耿去病叱喝着，問他是什麼人，竟敢闖入人家的地方。耿去病說：「你們佔了我家房子，反說我擅自闖入，豈不是反客為主嗎？」那老翁向耿去病端詳一番說：「你也不是主人啊！」耿去病說：「我叫耿去病，是主人的姪子。」

---

① **不速之客**：沒有被邀請，突然到來的客人。

那老翁才向耿去病行禮説：「久仰！久仰！我叫胡義君。」便叫家人重新擺上酒菜，邀耿去病一同吃飯。耿去病説：「我們既然已互相認識，那麼，家人們都不必避席，請你把他們都叫出來同吃就是了。」於是，那老翁便叫了一聲「孝兒！」那少年就從裏面出來了。老翁給耿去病介紹説：「這是我的**豚兒**[1]！」孝兒就向耿去病**作揖**[2]，坐了下來。

耿去病是一個豪爽的人，談笑風生，孝兒也是瀟灑不凡，談吐風雅的人，兩人談得很投契。孝兒十九歲，耿去病二十一歲，耿去病就毫不客氣，親切地把他叫做弟弟了。

席間，老翁問耿去病説：「我聽説你的祖宗編撰過塗山外傳的，你知道這事嗎？」耿去病説：「知道！」老翁説：「我就是塗山氏的後代。唐朝以後的**族譜**[3]，我還記

知識泉

塗山氏：古代有塗山外傳，記的是夏禹治水時，有一個狐女塗山氏幫助他，後來她遠嫁給了大禹。

---

[1]**豚兒**：古人稱自己的兒子的謙詞。豚兒是小豬的意思。

[2]**作揖**：即拱手禮，是古代的一種見面行禮的方式。揖：yī，粵音泣。

[3]**族譜**：記載着一個姓氏傳到各代子孫的書。

得來，但是五代以上的族譜，我就沒法找到了。公子既然知道，可以給我指教指教麼？」

耿去病是個學識廣博的人，就把當年大禹治水時，遇到了塗山女，她怎麼幫助大禹治水的事略述一番，妙語如珠，滔滔不絕。老翁聽得眉開眼笑，對他說：「我多幸運，聽到我聞所未聞的資料。公子也不是外人，不如請我的妻子和青鳳也來聽一聽，使他們都知道祖先的豐功偉績吧！」

孝兒就到裏面，把剛才那婦人和少女請出來，耿去病這才看清楚了，這位少女體態輕盈，眼波靈活，世上沒有這麼美麗的女子的。老翁就給他介紹，指着婦人說：「這是**山荊**[①]。」又指着那少女說：「這是我的姪女青鳳，她有點小聰明，聽過的、看過的東西總是不會忘記，所以我叫她也來聽聽。」

耿去病這就侃侃而談，說得非常動聽，說完了就舉杯暢飲。一面喝酒，一面目不轉睛地望着那少女。少女警覺了，便含羞地低下頭來。耿去病越發得意忘

[①] **山荊**：古人稱自己的妻子的謙詞，或稱「拙荊」、「荊妻」等。

形，竟然指着青鳳，說：「如果我得到這麼美麗的妻子，連皇帝也不想做了！」那婦人看見耿去病已經醉得肆無忌彈，便拉着少女的手，回到內室去了。耿去病非常失望，便向老翁告辭。可是，他怎麼能夠忘記青鳳呢？回家之後，酒也醒了。他又再到那個廢宅去，但已經人去樓空，燈火也熄滅，只留下芬芳的氣味，他足足等了整個晚上，什麼動靜也沒有了。

耿去病念念不忘青鳳，希望有朝一日能再遇見她，便搬到樓下的房間裏，獨自在那裏讀書。有一個晚上，他正在寫文章，忽然房門一響，來了個披頭散髮的惡鬼。臉色像黑炭一樣，對着他圓睜雙眼，一股殺氣。耿去病毫不畏懼，反而呵呵大笑，用手指在黑硯上蘸了墨汁，在自己的臉上亂塗一番，也圓睜雙眼，兇神惡煞地和那惡鬼面對面望着。那惡鬼無計可施，就無可奈何地走了。

第二天晚上，到了深夜，耿去病把蠟燭熄滅，準備睡覺了，忽然聽到後樓有人開門的聲音，他連忙起來看看是誰。只聽見有輕輕的腳步聲，還有淡淡的燭光從後樓射出來，一看，原來青鳳就在裏面呢。她一看見耿去病，嚇得連忙後退，跟着就把門關上了。耿去病急得跪在地上，說：「小生不避風險，到這裏來，都是為着你的緣故。如果你肯給我握一握手，笑一笑，那麼我就死而無憾了。」青鳳說：「你的一片深情，我怎麼不知道？只是我家**閨訓**[1]很嚴，我不敢答應你。」

耿去病哀求得更懇切了。他說：「我也不希望什麼，只求你和我見見面，那就心滿意足了。」青鳳終於開了門。耿去病便請她下樓到自己的書齋。青鳳說：「我們這次見完面，以後就再沒有機會了。」耿去病問她是什麼原因，她說：「阿叔怕你太猖狂了，所以化為惡鬼，想把你嚇走，那知道你一點也不害怕。他便叫全家都搬到別處，避開你這狂生，現在所有東西都搬走了，就留下我一個人在這裏守着，明天也就要走了。」說過了就向耿去病道別，說怕她的叔叔找到這裏來。

耿去病心雖依依不捨，正在多方挽留她，突然那

[1] **閨訓**：古代對女子管教的守則。

老翁就闖了進來。青鳳又害羞，又害怕，頭也抬不起來。那老翁怒氣沖沖的叱責青鳳說：「你羞辱了我的家門，還不快快走，小心我給你一頓鞭子。」青鳳低着頭走了出去，那老翁緊緊在後面跟着。耿去病也跟在後面，只聽得那老翁大聲叱罵不止，青鳳只是嚶嚶啜泣。耿去病覺得心如刀割，向那老翁高聲說：「什麼錯誤都是小生一個人犯的，與青鳳無關，你把青鳳饒恕了，把我千刀萬剮，我也甘受的。」一會兒，什麼聲音都沒有了，耿去病也上牀安睡。從此以後，宅裏什麼聲音都沒有了。

耿去病的叔父知道了，覺得很奇怪，又佩服耿去病的膽色，就把樓宅賤賣給他。耿去病從此就在這大宅安了家，可是他總是念念不忘青鳳。

不久，清明節到了，耿去病到郊外掃墓，回家途中，看見有兩隻小狐，被一隻兇惡的獵狗追趕着，一隻小狐落荒而走，另一隻小狐慌慌張張，向他奔來，遠遠望着他，發出哀鳴，好像向他求救似的。耿去病覺得牠很可憐，便把牠抱起來，解開了袍子，把牠蓋住，抱着牠回來。到了家，打開了袍子，把小狐放在

牀上，一霎眼間，小狐就變成了青鳳。耿去病喜出望外。青鳳說：「剛才我和丫環在野外嬉戲，想不到遭到了這場災難，要不是你，我一定給獵狗咬死了。我希望你不要因為我是**異類**[1]就討厭我吧！」

耿去病說：「我白天在想念你，夜裏夢着你，看到了你，如獲異寶，怎麼會討厭你呢？」青鳳說：「這真是不幸中的大幸，沒有那惡狗追趕，我就不會遇見你。現在，家裏都一定以為我死了，就再不追究了。」

耿去病十分高興，另外找一個地方

[1] **異類**：不同類，即不是人類。

給青鳳住下來，那老翁就不會知道了。

過了兩年，耿去病晚上正在讀書，忽然看見孝兒走了進來。耿去病問他有什麼事，孝兒跪下來傷心地說：「家父就有飛來橫禍，只有你才能拯救他。本來他自己要來的，但是他怕你不肯接待他，所以才叫我來求你。」

耿去病說：「求我做什麼事呢？」

孝兒說：「你認識莫三郎這人嗎？」

耿去病說：「是我耿家的世交，怎麼不認識呢？」

孝兒說：「他明天打完獵，就會探訪你，如果你看到獵物裏有黑狐，希望你把牠留下來。」

耿去病說：「**令尊**[1]曾羞辱我，我至今**耿耿於懷**[2]，要叫我出力，除非青鳳親自來吧！」

孝兒聽了，便哭了起來，說：「青鳳妹妹已經在外死去幾年了。」

耿去病氣得拂袖說：「那麼，我就更恨他了！」

---

[1]**令尊**：對別人父親的尊稱，或稱令尊翁及尊翁。

[2]**耿耿於懷**：十分介意；總是忘不了。

説過了仍舊拿起書來，高聲朗誦，再不理會孝兒，孝兒痛哭失聲，掩着面走了。

孝兒走了之後，耿去病就到青鳳那裏，把這件事告訴她。青鳳大驚失色説：「你真的不肯去救他嗎？」耿去病説：「救是救他的，剛才沒有答應，就是因為他太橫蠻，給他一點面色看看罷了。」

青鳳這才轉悲為喜，説：「我是一個孤兒，是阿叔把我養大的。他要懲罰我，也不過是執行家教罷了！」耿去病説：「看在你的份上，我就救他一命吧。」

到了第二天，莫三郎果然來了，騎着馬，帶着弓箭，帶着幾個獵手，登門拜訪。耿去病開門迎接他，他興高采烈地給耿去病看他的獵物。在許多禽類中，有一隻黑狐，流的血把皮毛都染紅了。耿去病用手撫摸牠，還感到有體温，便對莫三郎説，恰好自己的狐裘破舊了，請他把這黑狐給他，好作補裘之用，莫三郎馬上答應了。耿去病就把黑狐交給青鳳，自己去招呼客人喝酒。

客人都走了以後，青鳳把黑狐抱在懷裏。三天之

後，那黑狐蘇醒過來，又變回老翁，他看見青鳳，還以為自己已經死了。青鳳把一切經過都告訴他。他十分高興，又給耿去病道歉和稱謝。

耿去病這時也說：「不必客氣，你把青鳳養育了這麼多年，我們都應該報答你的。」

於是，耿去病就請老翁一家都搬來，免得再受獵狗侵擾。他們都住進了這大第宅，生活過得很愉快，外人也不知道他們是狐狸呢！

黃英

有一個名叫馬子才的北方人，他家世世代代都是喜愛菊花的，到了他就更愛到不得了。只要他聽到哪裏有好的品種，一定想方設法把它買到手，即使是相隔千里，也不怕路途遙遠。

有一天，有一個從南京來的客人來到他家裏，說他的表親有一兩個菊花品種，是北方所沒有的。他就興致勃勃收拾行李，馬上隨同那客人到了南京。那客人給他多方設法，才得到兩枝小芽兒，他把這兩枝小芽兒當寶貝一樣，包紮妥善，放在箱子裏。

知識泉

油碧車：綠色油漆的車子，古時多為婦女乘坐。

他帶着那小芽兒回家的路上，遇到一位少年，他面貌清秀，舉止瀟灑，騎着一匹驢子，護送着一輛油碧車。兩個人慢慢走到一起，攀談起來。少年自稱叫陶三郎，言談話語十分文雅。他問起馬子才從何處來，馬子才把遠

道到來求菊花佳種的經過告訴他。他笑着說：「其實菊花沒有什麼不好的品種的，問題在於你怎麼栽培它就是了。」於是，他就大談特談培植菊花的園藝，聽得馬子才心花怒放，便問他要到哪裏去。那少年說：「我姊姊在南京住得煩厭了，準備到河北找地方住。我在護送她去呢。」

馬子才高興地說：「我家雖然清貧，但是還有幾間茅舍可以寄住，如果不嫌簡陋的話，就到我家住吧。」

陶三郎聽了，就到那油碧車前面，徵求他姊姊的意見。車中的人推開車簾答話，竟是個二十來歲的絕代美人。她對弟弟說：「房子不必計較好壞，但是院子一定得寬敞才好。」馬子才連忙搭上腔說：「我家正是這樣。」於是他們就一同**聯袂**[1]回到馬家。

馬家宅子南邊，有一個荒蕪的園子，只有三、四間小茅屋，陶三郎見了很合意，就住了下來。馬子才自己住的是北院。陶三郎每天到北院來給馬子才治理

---

[1]**聯袂**：走在一起的意思。袂是古人的寬大的衣袖。

菊花。即使是枯萎了的菊花，陶三郎把它連根拔起，再種下去，沒有不活的。

陶三郎天天都來北院，也就天天和馬子才一起吃飯。馬子才細細觀察，好像他家裏清貧得連飯也不煮似的。那位姊姊，名喚黃英，談吐也很風雅，不時到北院來。馬子才的妻子呂氏很喜歡她，常常和她一起做針線活，還送她柴米，讓他們過好日子。

有一天，陶三郎對馬子才說：「你家裏本來就不大富裕，我還要累你照顧生活，這不是長久之計，我想，為今之計，不如靠賣菊花來謀生吧！」

馬子才清高慣了，很不以為然，對他鄙視地說：「我一直以為你是一個風流雅士，理應**安貧**[1]才對，你現在說出這話來，豈不是把種菊的東籬變成了骯髒的市場，辱沒了菊花嗎？」

陶三郎笑着說：「自食其力，不算得貪財，賣花為業，不能說是

知識泉

東籬：晉代詩人陶淵明很愛菊花，他寫了一句詩「種菊東籬下」，以後人們便把東籬作為種菊的地方的代名詞。

---

[1] **安貧**：安於貧困，不追求富有，古人視為一種美德。

俗氣，人固然不應該用不正當的手段去追求富有，但也不必專門去追求貧困呀！」馬子才覺得話不投機，就一言不發，陶三郎也就起身走了。

從此以後，馬子才拋棄了的殘枝劣種，陶三郎都收拾過去，也再不在馬家住宿和吃飯，只有去叫他，才過來一下。

過了不久，是菊花開放的時候了，馬子才聽到了陶家那邊門外有熙熙攘攘的聲音，便走過去看看。只見**其門如市**[①]，來的都是買花的人，用擔子挑，車子運，絡繹不絕，那些花又都是他從來沒有看見過的奇異品種。他一方面討厭陶三郎的貪財，真想跟他絕交，而另方面又怪他自私，不讓自己分享那些佳種，就敲敲他的大門，準備去質問一番。陶三郎開了門，不待他説話，就拉着他的手到院子裏去看，只見那原先荒蕪一片的土地，已開成了菊**畦**[②]，種滿了菊花。那幾間茅屋外邊再沒有空閒的地方。剛剛拔去了菊花的地方，三郎又折下別的枝條補插上去。那些在畦裏

[①]**其門如市**：很多人登門到訪，好像市場一樣。

[②]**畦**：田園中分成的小區。

含苞欲放的，全是奇異的品種，仔細辨認，原來都是他以前認為品種不佳丟棄了的，他看得都傻了。

陶三郎到屋裏，把酒菜搬出來，在菊畦旁邊擺下一張小桌子，請馬子才一起喝酒。他說：「我因為家裏窮，不能不做點買賣的俗事。這幾天幸虧賺得一點錢，可以供我們喝一頓酒，請吧！」一會兒，聽到了黃英從房間叫「三郎」的聲音，三郎應了一聲，進到房裏，取出幾盤菜來，烹調得十分可口。馬子才就隨口問問：「你家姊姊還在家，為什麼不出嫁呢？」陶三郎說：「還沒有到時候！」馬子才問他：「要到什麼時候呢？」陶三郎說：「四十三月。」馬子才問

他：「這是什麼意思？」陶三郎笑而不言。兩人喝得盡歡而散。

過了一天，馬子才又到南院看陶三郎，一看，昨天才插下的菊枝，已有一尺高了。馬子才感到十分奇怪，就苦苦請求陶三郎把秘密告訴他。陶三郎說：「這不是可以**言傳**[1]的，你既然不需要靠種菊花來謀生，何必學這種技術呢！」過了幾天，買菊花的人漸漸少了，陶三郎就把菊花都摘下來，用草蓆包着，捆好了載了幾大車子，出門去了。

到了第二年，**仲春**[2]的時候，陶三郎又把南方的特異品種的菊花，成車成車的載回來，在城市開了一家花店。去年和陶三郎購買佳種的人，留下根來準備再種的，這時都變成了劣種，只好又向他再買，僅僅十天工夫，花就全部賣光了。

從此以後，陶家就越來越富，原來的舊茅舍也改建成了漂亮的樓房。又在旁邊買了一大塊田，用矮牆圍起來，裏面全部種上菊花，到了秋天，陶三郎把花

---

[1]**言傳**：用說話來傳授。

[2]**仲春**：春天的三個月，分為初春、仲春、暮春。仲春即陰曆二月。

運到外地去出賣，一直到春末還沒有回來。

這時，馬子才的妻子病逝了。馬子才愛慕黃英，很想娶她，託人在她面前透個口風。黃英聽了，微微的笑着，似乎是同意，可是她要等候三郎回來呢。

這樣，一直等了一年多，陶三郎還是不回來，黃英在家裏教導僕人怎麼種菊花，和陶三郎在家時一樣。賣花得來的錢，她就和一些商人合伙經營，在村外買了二十頃良田，房屋修建得更加堂皇了。

一天，忽然有人從廣東到來，捎來了陶三郎的信，信上是囑咐姊姊嫁給馬子才的。馬子才看看他發信那一天，就是她妻子病逝那一天，又正是離他和陶三郎在菊畦喝酒時四十三個月，禁不住大為訝異。他得到黃英的同意，準備舉行婚禮了。黃英覺得馬子才住的北院太簡陋了，想請他搬到南院，就像**入贅**[①]一樣。馬子才卻不同意，便選擇了好日子，把黃英迎娶到北院。

黃英嫁給馬子才後，就在隔開南院和北院的牆

[①] **入贅**：丈夫住到妻子家裏，叫入贅。贅：zhuì，粵音罪。

上開了一個門，每天她仍然到南院去教僕人怎樣種菊花。馬子才覺得依靠妻子過富裕日子是不光彩的事，常常吩咐黃英把南院和北院各立賬簿，分開記上開支，免得混亂。但是家裏用的東西，往往都是黃英從南院拿過來的，不到半年，家裏用的全是陶家的東西了。馬子才一發現了，就叫人拿回去，不要再拿回來。可是，不到十天，家裏又都是南院的東西了，這樣，東西拿來拿去，不勝其煩。黃英取笑他說：「你這陳仲子可太勞累了！」馬子才覺得不好意思，也就不再過問，一切都聽憑黃英的意見處理了。

知識泉

陳仲子：是古代一個固執、迂腐，卻又自以為廉潔的人。

後來，黃英又請來了工匠，大興土木，馬子才也無法制止，幾個月之後，亭、台、樓、閣連成一片，再分不出南院還是北院了。

黃英聽了馬子才的勸告，不再種菊花出賣，只是專門作欣賞用了。他們生活得很舒適，比貴族還享受。馬子才心裏很不安，對黃英說：「我三十年甘於淡薄的清高品格，都讓你毀壞了，現在的生活，靠的完全是**裙帶關係**[1]，一點男子漢大丈夫的氣概也沒有。別人都恭喜發財，我才恭喜窮困呢！」黃英說：「我也不是貪財之人，但是如果不設法過過豐裕的生活，就會使今後的人，都說喜愛菊花的**陶淵明**[2]是個賤骨頭，子孫後代也不能發達，這是我給我的老祖宗爭一口氣罷了。不過窮人想發財很難，有錢的人想變窮卻很容易。我家的積蓄，你可以隨意揮霍了去，我決不吝惜心疼的！」馬子才又說：「把別人的錢胡花一頓，那就更沒良心了。」

黃英便笑着說：「你不願意過富裕的日子，我也不能過貧苦的生活，實在沒辦法，不如我們就分開一下，那麼，你清者自清，我濁者自濁，有什麼相干呢？」

這樣，她就在院子裏建了一間茅屋，讓馬子才一個人在那裏生活。馬子才起初幾天還過得去，但是心裏苦苦想着黃英，就請她到茅舍裏住，黃英不願意來，他只好又到黃英那裏去。來來去去，他也覺得滑

---

[1] **裙帶關係**：指妻女姊妹方面的關係。

[2] **陶淵明**：東晉大詩人。曾做官，因不滿現實而辭職歸隱，他最愛菊花，但是生活清貧。

稽，索性又和黃英一起，把草房拆了。

秋天的時候，馬子才有事到南京去，經過一間花店，看見裏面的菊花品種奇特，開得非常茂盛，心想，這可能就是陶三郎種的，就請主人出來，主人果然就是陶三郎。大家相見，十分高興，馬子才請三郎一同回河北，三郎猶豫片刻，也就答應了。

馬子才一到家，見到黃英已把房間打掃清潔，鋪設好被褥，好像早就知道陶三郎會回來似的。姊弟相見，十分快樂。

從此，三郎每天和馬子才喝酒、下棋，生活得非常優悠。三郎很愛喝酒，酒量也很大，有一天，喝的酒太多了，搖搖晃晃，走到菊畦裏，撲通一聲，栽倒地上，衣服散在地上，身子就化為菊花，有人一般高，開着幾十朵花，比拳頭還要大。

馬子才一見，慌慌張張去告訴黃英，黃英來了，也吃了一驚，說：「我弟弟怎麼醉成這樣子！他真的要**植根**[①]在這裏了！」她流着淚把花移植到盆上。馬

---

①**植根**：落地生根的意思。

子才這才知道他們姊弟兩人都是菊精，對黃英就更敬愛了。

陶三郎化的菊花，每到九月，就盛開怒放，枝幹很短，花朵粉色，聞起來有酒的香味，黃英給這花起

了個名字叫「醉陶」。這種花很喜歡酒，用酒澆它，

就開得越發茂盛，成了前所未有的菊花名種呢！

汪士秀

安徽合肥有一個青年，名叫汪士秀，他生來就孔武有力，很重很重的石磨，也能一手舉起來。他的爸爸是個**蹴鞠**[1]能手，看見他身強力壯，就教他如何踢球，他手足靈敏，很快也就學會了。他常常和爸爸一起練習。可是，很不幸他的爸爸有一次在錢塘江遇到風暴，竟然溺死了，連屍首也撈不回來，那時爸爸才不過四十多歲呢。

八九年過去了，汪士秀有事乘船到湖南，到了晚上，船停泊在洞庭湖上。他在船上眺望，只見澄江萬里，水不揚波，月亮東升，光

知識泉

錢塘江：浙江省最大的河流，全長410公里，流域面積4.2萬平方公里。錢塘潮是世界知名的奇觀。以每年農曆八月十八日在海寧所見者為最著名。湧潮來時，波濤洶湧，有如萬馬奔騰。潮頭高達3.5米，潮差可達8.9米。

洞庭湖：在湖南省，曾經是中國第一大淡水湖，但由於近現代的圍湖造田，以及自然的泥沙淤積令它的面積縮小，現在是中國第二大的淡水湖。

[1] **蹴鞠**：cù jū，粵音速菊。鞠是古代的一種球。蹴鞠是踢球的意思。

輝一片。他正在欣賞時，看見有五個人，從湖裏冒出來，拿着一張大蓆，展開了鋪在湖水上面，有半畝那麼寬廣。跟着，他們就擺上了酒食。那些杯、盤等用具，碰得砰砰作響，可是那聲音渾厚，不像陶瓷的聲音。擺好了，三個人就坐在蓆上喝酒，其他的兩個人在旁邊侍候他們。

汪士秀看看他們穿的衣服，十分古怪，坐着喝酒那三個人，一個穿着黃色的衣服，兩個穿着白色的衣服。頭上同是戴着黑色的頭巾，這頭巾一直包到肩背上，樣式奇異，只可惜在月光下看得不大清楚。

這三個人一面喝酒，一面談笑風生。那個穿黃衣的説：「今夜風清月白，正好暢懷大飲。」那個穿白衣的説：「今夜的風景，真像**廣利王**①在梨花島歡宴我們的時候一樣。」他們三人互相勸酒，説説笑笑，可是聲音很輕，聽得不大清楚。汪士秀同船的人，知道這幾個人不是仙就是怪，都躲在船裏，不動聲色，怕冒犯了他們。

---

①**廣利王**：傳説中的水神。

汪士秀仍舊站在船上看，他看看那兩個在旁邊伺候着的人，一個是少年，一個是老頭子。他注視着那老人，很像他死去的父親。可是，聽他說話，又完全不是父親的口音了。

二更過去了。那白衣的人說：「趁着月亮這麼明亮，我們不如踢踢球吧。」那少年就跳到水裏把一個大球抱出來。那球好像裝滿了水銀一樣，表裏通明。那個穿黃衣的人便招呼那個老頭子，叫他一同玩球。他們把球踢起了一丈多高，銀光閃閃，讓人看得眼花繚亂。

汪士秀正在看着，忽然那個球從空中飛來，落到船上。汪士秀技癢起來，用力向球踢過去，覺得那球又輕又軟，似乎給他踢穿了，躍起了一丈多，裏面的光像一條彩虹一樣射了出來，又像天上的彗星，帶着一條閃光的尾巴，飛到水裏去，引起了一陣水泡滋滋作響，最後就不見了。

那三個人勃然大怒說：「那裏來的凡人，竟敢叫我們這麼敗興！」那老頭子笑着說：「踢得不錯！

踢得不錯！這是我們家著名的**流星拐**[1]呢！」那白衣人嫌老頭子嘲弄他們，便發怒說：「我們正在生氣，你這老傢伙偏要取笑我們！快快把這狂徒抓回來，要不，你的腳骨就得吃一頓棒子了。」

汪士秀想想自己是逃不了的，但他也毫不畏懼，就拿着刀子，站在船頭，等他們過來。那老頭子和那少年就拿着刀子，直向他走來了。汪士秀目不轉睛地向那老頭了看着，果然就是他的爸爸，便叫着：「爸爸，這是我呢！」他爸爸也驚訝起來，兩人相對，悲喜交集，都禁不住流起眼淚來。那少年看見，轉身便去。老頭子說：「孩子，你得好好避開，要不，我們倆都死在他們手上了。」

話還沒有說完，那三個人已踏到船上來了。他們的臉都是黑古隆冬的，眼睛比石榴還要大。他們伸出手來要捉那老頭子回去。汪士秀奮力和他們爭奪，一場惡鬥，把船身都鬥得東搖西擺，船纜也給扯斷了。汪士秀越鬥越勇，毫不放鬆，把刀拔出來，砍斷了那

---

[1] **流星拐**：蹴鞠的一種踢法。

黃衣人的手臂，手臂落到船上，那黃衣人大聲呼痛，跳水走了。那穿白衣的還拚命襲擊汪士秀，汪士秀舉起刀子，把他的頭砍下來，剩下的一個人也翻身落水，一場惡鬥就結束了。

船上的人這時便想連夜開船，離開這裏。忽然看見有個井口一樣大的嘴巴，在湖上大大的張開來，一下子把周圍的湖水都吸到裏面去，響聲震天，跟着，它就把吸進去的水噴了出來，掀起了翻天的巨浪，水上所有的船都被它顛簸得快要翻倒水裏，人們十分恐懼。恰好汪士秀的船上有兩個大石磨，每個的重量都有一百斤。汪士秀舉起了一個石磨，丟到那個大嘴巴裏，把水激蕩得雷聲那麼響，浪濤就漸漸減弱。他又把第二個石磨丟進去，一下子就風平浪靜了。

汪士秀問他的爸爸説：「爸爸，家裏的人都以為你淹死了，怎麼你還在這裏呢？」

爸爸説：「我其實沒有淹死。那三個是魚精，那一場風暴就是他們引起的。船上的十九個人，都給他們吃掉了。因為我會踢球，他們才留下我和他們踢球取樂。那個球，就是魚泡，剛才給你踢破了。這三個魚精原來是住在錢塘江的。因為得罪了錢塘龍王，才搬到這裏來，真想不到就在這裏遇見你呢！」

父子重逢，高興極了，船上的人，見他們把魚精除去，永遠除了後患，都十分高興。他們清理現場，撿到一隻魚翅，有四五尺那麼長，這就是汪士秀砍下來的魚精的手臂呢。

嶗山道士

有一個姓王的人，出身官宦之家，排行第七，我們就稱他為王七吧。這王七很羨慕那些神仙術士之流。他聽説嶗山那裏住着很多仙人，便決定到那裏尋師學法，做一番驚人事業。

他離開了家，帶着行李書籍，長途跋涉，到了嶗山。那山上峯巒重疊，風景清幽，他爬到一座山峯之頂，見到那裏有一個**道觀**[1]，看來真像神仙棲息之所，便滿懷希望的走了進去。

這道觀裏面，有一個老道士端坐在蒲團上，銀色的頭髮垂到肩頭，神采飄飄，頗有點仙風道骨。他同這位老道士交談，又發覺他的談吐

知識泉

嶗山：在山東境內，被譽為「海上仙山」。嶗山道教興盛，是道教發祥地之一，自春秋時期就雲集了一批方士在這裏修行，山上有大量道觀。

蒲團：用麥稭、香蒲草等編成的圓墊子。

---

[1]**道觀**：道教的廟宇。

文雅，道理高深，心想這必然是神仙無疑了，便說明了來意，誠心的拜他為師。那老道士考慮了一下，說：「求道是要經過艱苦鍛煉的，恐怕你一直嬌生慣養，不能堅持下來。」王七便說：「我立志求道，千辛萬苦，在所不辭。請師父收留我好了。」

這道士有許多徒弟，到了晚上，都到道觀齊集，王七和他們一起向道士行禮，從此就成為道士的正式弟子，住在道觀裏了。

到了第二天，天濛濛亮，道士便催王七快快起來，給他一把斧頭，叫他跟那羣師兄們一起上山砍柴。王七一點不敢偷懶，過了一個多月，手掌、腳板上都起了厚厚的繭了。

王七畢竟是嬌生慣養的人，經不起這樣的苦，便想着放棄學道，好回家去了。他要把意圖告訴老道士，便走到他的房間去。這時他看見老道士和兩個客人一起喝酒。那時天色已暗，也還沒有把蠟燭點燃。那老道士拿出一張紙，剪出一個圓形，把它貼到牆上。那張紙頓時變成月亮，光輝四射，有七、八個徒弟便進來侍候他們。

一個客人便說：「這麼美好的晚上，大家何不共同分享一下呢？」就從桌子上把酒壺遞給那幾位徒弟，請他們盡情痛飲，欣賞那明月清風。

王七的眼睛盯着這小小的一個酒壺，心想裏面的酒那麼少，怎能叫這七、八個漢子開懷暢飲呢？

那幾個徒弟大概許久沒有喝過酒了。一聽說有酒喝，便興致勃勃地，紛紛把大的盞、深的杯拿來，毫不客氣地搶先斟酒。斟過就彼此乾杯，乾了杯又重新斟酒，一次又一次，那小小的壺裏面的酒好像永遠倒不完似的。

跟着，一位客人又對道士說：「你既然把那月亮的光都借來了，何不把嫦娥都請來，讓我們熱熱鬧鬧地一起喝酒呢？」他就把筷子拋到牆上的月亮裏。頓時有一個小小的美人兒從月亮裏走了出來，一到了地上，就變得跟平常人那麼大。她有着纖細的腰肢和修長的脖子，一面很優美地跳起那有名的霓裳羽衣舞來，一面唱着歌：「我的好仙人啊！你怎麼還不回來，卻把我幽禁在這寂寞的

知識泉

霓裳羽衣舞：據說是唐玄宗所創作，由楊貴妃作表演的舞蹈。

知識泉

廣寒宮：月亮裏的仙宮，是神話中嫦娥住的地方。

廣寒宮裏面呢？」她的歌聲清脆悠揚，像洞簫一樣響亮。唱過了歌，她就旋轉了一個圈，一躍而跳到茶几上面。還來不及看清楚，她已變回一枝筷子了。

老道士和客人都哈哈大笑起來。當中一位客人對道士說：「這個晚上確是高興得很，但是我快要醉了。你能不能到月宮裏給我餞別呢？」說過了，三個人都站起來，抬起了桌子，嘿，一下子，連人帶酒席都到了牆上的月亮裏去了。月亮是那麼明澈，三個人好像在一面鏡子裏面，連眉毛鬍子都看得清清楚楚。

過了不久，月光漸漸暗淡了，什麼都看不清了，那些徒弟便把蠟燭點亮，拿到房子裏來。大家看到的只有那道士一個人坐在那裏。客人們都不見了，桌子上還留下了他們吃過的剩菜殘渣。那個月亮還貼在牆上，不過再不是光華四射的月亮，只是滾圓的一張白紙罷了。

這時道士便問徒弟們說：「你們喝酒喝夠了沒有？」徒弟們說：「夠了。」道士便說：「既然夠了

那就早點兒睡覺吧，免得晚了起牀，誤了割草砍柴的時間。」於是徒弟們連聲答應，都散去了。

這一幕出神入化的活劇又使王七羨慕不已，就打消了回家的念頭。

這樣，王七又堅持苦幹了一個月，最後真的受不住了，但那道士還是沒有傳授他什麼法術。於是他就向道士告辭，說：「弟子不遠千里，到這仙山來拜師學藝。雖然學不到長生不死之術，能學一點兒法術，也不負此行。可是我到了這裏已兩三個月了，每天都是砍柴割草，早出夜歸。這樣的生活我可過不慣的。」

道士說：「我早就說過你是捱不了苦的。果然給我說中了。既然如此，我就讓你明天早上回家。」

王七說：「不過，弟子總算在這裏幹過好些日子了。如果師父肯略教我一點仙術，我也總算有所收穫。師父意下如何呢？」

道士說：「那麼告訴我，你又意下如何呢？」

王七說：「我常常看到師父走路，穿牆入室，十分隨便，只要把這項法術傳授給我就是了。」

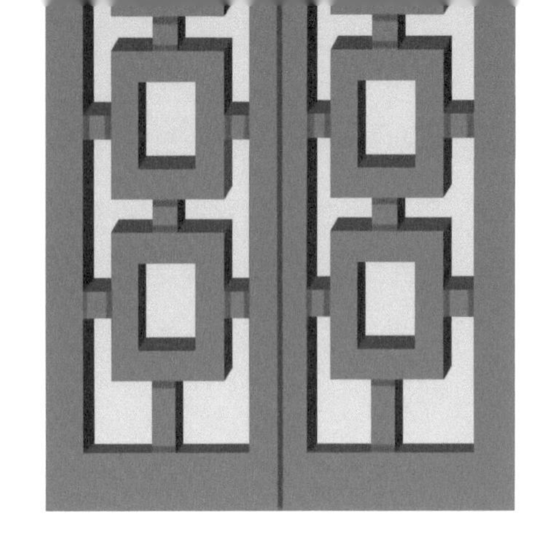

道士笑着説：「這有何難！」便把咒語教給王七，等他唸過了，便命令他說：「就穿過牆，走過去吧！」王七面對着牆，不敢過去。道士又説：「別怕，試試看。」王七便小心翼翼地走貼牆邊，還覺得那堵牆阻着去路。那道士説：「別那麼瑟瑟縮縮的，低下頭，放膽猛闖過去就是了。」

王七聽他的話，退後幾步，猛地衝過去，果然，那堵牆彷彿空氣一樣，他一穿而過，回頭一看，已經站在牆外了。

王七喜出望外，立刻向道士致謝，向他告別，那道士教導他說：「你既學得了仙法，回家後就得用正大的心術，恭敬嚴肅的態度來對待這仙法，否則會不靈驗的。」説完就給他旅費，讓他回家。

王七回家以後，十分得意，向他的妻子宣稱已遇到了仙人，學到了仙術，能通過任何的堅硬

的牆壁，到哪裏都通行無阻。妻子認為他在吹牛，毫不相信。王七便馬上表演給她看。他作出架勢，像在嶗山那樣，面對着牆，退後數尺，然後低着頭往前一衝。那知道一碰到硬牆，便骨碌一聲跌在地上。他的妻子把他扶起來，他的額頭已給撞得拱起了一個雞蛋大的腫塊來了。妻子看了這奇妙的表演，忍不住對他的仙術**揶揄**[1]一番。王七呢，又氣忿，又慚愧，只好頓着腳大罵道士無良。

---

[1]**揶揄**：嘲笑的意思。

促織

明朝宣宗皇的時候，皇宮中時興鬥蟋蟀的玩意。皇帝下聖旨每年要百姓進貢蟋蟀。陝西省華陰縣本來不是蟋蟀產區，但是那縣官為了巴結上司，弄到一隻蟋蟀獻上去，竟然勇敢善鬥，旗開得勝。於是上頭便規定了這裏的百姓有繳納蟋蟀的任務。這一來，蟋蟀便成了熱門貨，那些游手好閒的人，捉到了好蟋蟀，便如得了稀世之寶。要繳納蟋蟀的人，只好花錢去買，每年徵收一次，害得不少人傾家蕩產。

知識泉

促織：蟋蟀的另一個名稱。因為牠的叫聲像織布機的聲音，而且在秋天鳴叫，就像提醒婦女冬天快到了，要織布做衣，所以有這個別稱。

縣官把收集蟋蟀的任務交給各地的**里正**[1]們。那些狡猾的官吏，利用職權，向百姓敲詐勒索，他們發了財，但百姓就苦上加苦了。

[1]**里正**：古代農村裏低級的小吏，管理若干家戶口。

縣裏有一個叫成名的讀書人，考了幾次秀才也沒考上，年紀也大了。他為人老老實實，又拘謹又不善於說話，竟給那些刁鑽的官差把他的名字報上去，硬派他當了里正。他千方百計托人情，想辦法也推卸不了這差事。他不懂得敲詐別人，反而要替人家負責，不到一年，把自己僅有的小小家產，都賠得一乾二淨了。

知識泉

秀才：明、清時期，秀才是指經過院試，得到入學資格的士人的俗稱。成為秀才即代表有了「功名」在身，在地方上受到一定的尊重，亦有各種特權。

這時，徵收蟋蟀的期限快到了，成名不敢向百姓催交，但是自己又沒錢去買。煩惱得想死了。他的妻子勸他說：「死了也不能解決問題的。不如自己親自去捉，萬一捉到一隻好蟋蟀，也好交差。」

成名一想，也只有這辦法了。於得他早出晚歸，提着竹筒和銅絲籠，在斷牆腳跟，亂草叢中，掏石縫，挖泥洞，什麼方法都用上了，竟然無濟於事，即使偶然捉得兩三隻，都是又弱又小，不合規格的。縣裏對期限抓得很緊，每次到限期不能交納蟋蟀，就得打板子。十多天中，成名被打了一百多板，打得一雙

大腿膿血淋漓，連蟋蟀都無法去捉，他在牀上痛得輾轉反側，看來唯有死路一條了。

這時，村上來了一個駝背的巫婆，自稱能夠給人求神問卜。成名的妻子就備了禮金，求她指示。還沒進門，就看到巫婆的門外站滿了許多老太太和少女們，進到裏面，有一間密室，密室的門掛着簾子，簾子外面擺着香案。求問的人們把香插在香爐裏面，那巫婆就在旁邊，口中唸唸有詞，代她們禱告。大家都恭敬地站立着等待，一會兒簾子裏面就會飛出一張紙來，回答着人們要問的事，絲毫也不會錯。

成名的妻子也學那些人一樣：交錢、上香，膜拜。一會兒簾子一動，一張紙就飛出來了。她把紙打開來看，紙上沒有字而是一張畫。畫裏有一座像廟宇的建築物，後面的小山下怪石成堆，荊棘叢生，裏面就有一隻名種蟋蟀青麻頭。蟋蟀旁邊有一隻癩蛤蟆，好像要跳起來似的。她看來看去，莫名其妙。反正畫裏有着一隻蟋蟀，大概仙人已知道她的請求了。她小心的把那張紙摺好，帶回家給成名看。

成名細細把畫琢磨了一番，想着：這該不是指點我去捉蟋蟀的地方嗎？他細細察看畫裏的建築物，很像村子東頭的大佛閣。於是他勉強掙扎起來，拄着拐杖，帶着那圖畫走到大佛閣那裏。原來大佛閣後面有一座高聳的陵墓，從陵墓走過去有許多嶙峋的怪石，簡直就是畫裏畫的一樣。他鑽到那些亂草裏，小心翼翼的走着聽着，像在棉裏尋針一樣。但是他看得眼都花了，聽得耳裏嗡嗡作響了，雙腿快走不動了，蟋蟀既沒聲也沒影。他還是繼續的找、找、找。忽然，一隻癩蛤蟆在他面前跳過。他更感到訝異，便一直追隨着牠。輕手輕腳地撥開草，目不轉睛地觀察。終於，看到了一隻蟋蟀伏在荊棘的根上。他撲過去捉牠，牠就跳到石洞裏，用尖草來撩牠，牠還是躲着不出來。最後，他用竹筒載水來灌牠，牠才出來。他追了好一會，終於把牠捉住了。

這是一頭多健美的蟋蟀呀，巨大的頭，修長的尾

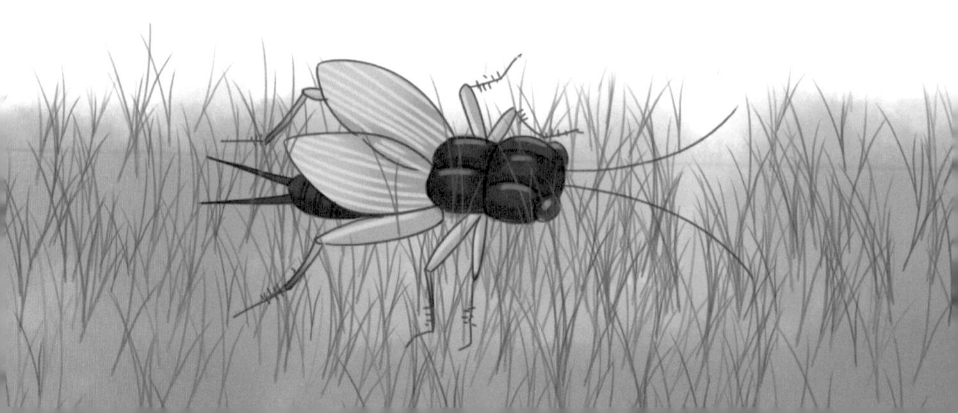

巴，青色的頸項，金閃閃的翅膀，一看便知是名種。成名喜出望外，把牠放在籠裏，帶回家中，全家慶賀，比得到**連城之壁**[①]還要高興。他把牠供養在盆子裏，用螃蟹肉栗子肉來餵牠，愛護備至，等待期限到了就送去交差。

成名有一個兒子，才九歲，這隻寶貝蟋蟀引起了他的好奇心。有一天，他趁着父親出外的時候，偷偷的揭開盆蓋來看看。誰知蟋蟀鑽了這空子，一縱身就跳出盆外，想攔阻已來不及，到他拚死拚活的把蟋蟀抓到手裏的時候，蟋蟀的腿已經折斷了，肚子也破裂，轉眼就死去了。孩子知道闖了大禍，急忙哭着告訴母親。母親一聽，嚇得臉色慘白，像死灰一樣，驚叫着：「你這小冤家！死期到了，看爸爸回來，怎樣

[①]**連城之壁**：連城，是許多個城的意思。連城之壁，就是價值許多個城的寶玉。比喻無價之寶。

跟你算帳吧！」孩子哭着走了出去。

不久，成名回來了，聽了妻子的話，好像迎頭潑來一盆冰水，氣沖沖地要找兒子回來，可是到處都找不到。最後在井裏找到他的屍體。他的一腔怒氣化為鑽心的悲痛，**呼天搶地**[①]，痛不欲生。夫妻兩人淚眼看淚眼，飯也不煮，話也不説，一直到太陽快下山了，才張羅了一張草蓆，把孩子的屍體放在上面，準備殮葬。當他們傷心地輕輕撫着孩子的身體的時候，感到他還有一絲氣息。他們又驚又喜，便把他放回牀上，到了半夜，孩子就醒過來了。不過神情呆滯，氣息微弱，只管昏睡。成名看到孩子復蘇，本來稍感安慰，但回頭一看到那個空空的蟋蟀籠，又覺得憂慮重重，整個晚上都睡不着。

這樣，折騰了一夜，到第二天太陽升起來的時候，成名簡直連腰都撐不起來了。正在這時，他聽到門外有蟋蟀的叫聲，他連忙起牀，開門去看看，天哪！那頭寶貝蟋蟀竟然就在那裏。成名喜出望外，馬上去追捕

[①]**呼天搶地**：哭着叫天叫地，形容極其傷心。

牠。這蟋蟀叫了一下就跳開，跳得非常的快。他好不容易用手掌把牠按住，可是手掌底下彷彿什麼也沒有。到他把手放開，牠又在前面跳着，這麼一追一放，好像跟他捉迷藏似的，轉過了牆角就不見了。

成名繼續尋找，四面張望，發覺那蟋蟀竟然就伏在牆上，再看清楚，卻不是原來的寶貝蟋蟀，而是一隻棕黑色的，小得可憐的蟋蟀。成名覺得這是一隻劣種，便不理會牠，緊張地尋找他跟蹤着的那隻大蟋蟀。忽然，這隻小蟋蟀自動跳到成名的懷抱裏。他仔細一看，牠的形狀有點特別，身體像一隻**螻蛄**①，翅膀上有梅花形的網紋，方方正正的頭，修長的腿，倒像是一個好品種，他就高高興興的把牠捉回去了。

繳交蟋蟀的期限到了。成名還是心驚膽戰，怕這隻小傢伙不符合規格，很想讓牠試鬥一次看看。村裏有一個好事的少年，養了一隻蟋蟀，給牠取了一個名字叫「蟹殼青」，他經常拿去和別人的蟋蟀相鬥，所向無敵，他便自高聲價，想靠這蟋蟀來發財。不過他

---

①**螻蛄**：一種吃植物根的害蟲。

要價太高了，因此也就賣不出去。他找上門來，要看看成名的蟋蟀。成名給他看了，笑得他連嘴也合攏不來，把他那隻蟹殼青放到籠邊，相比之下，他的是龐然大物，而成名的卻渺小得可憐。他要成名跟他鬥蟋蟀，成名也覺得**自慚形穢**[①]，拒絕了他。但是那少年一再強請，成名心想，這個小專家既然說我的蟋蟀沒用，倒不如就讓牠們鬥一次，博大家一笑吧。

這樣，這兩隻蟋蟀就被放到一個瓦盆裏了。那小蟋蟀一時呆若木雞，伏着動也不動，那少年又呵呵大笑。他用豬鬣毛去撩牠的鬚，牠還是一動不動，那少年越笑越厲害，頻頻用那豬鬣毛來撩牠。撩得那小蟋蟀發了怒，一躍而起，奔向蟹殼青，一時間打得難解難分。忽然，那小蟋蟀又一次一躍而起，尾巴直豎，翤鬚高翹，猛叮着蟹殼青的頭不放。少年害怕起來了，連忙央求成名中止比賽，自認鬥輸了。

小蟋蟀得勝了，鼓動了翅膀，得意地發出鳴聲，好像向主人報告勝利一樣。成名開心地觀賞着牠，冷

[①] **自慚形穢**：原指因自己容貌舉止不如別人而感到慚愧。後來泛指自愧不如別人。

不防突然闖來了一隻公雞，猛地撲過去想啄吃那小蟋蟀，成名嚇得大叫起來。不過公雞還沒有把小蟋蟀啄中，小蟋蟀已跳到一尺以外了。但是大公雞仍然威風凜凜的走過去，騰的一聲就把小蟋蟀壓在利爪下面。成名一時不知道怎麼才能把小蟋蟀搶救出來，嚇得面如土色，連連頓腳。到他定神一看，大公雞痛苦地伸長脖子，撲着雙翼在地上掙扎，原來那蟋蟀不知什麼時候已跳到那雞冠上面，狠狠叮着不放呢。成名又驚又喜，把小蟋蟀拿下來放回籠裏。

第二天，成名把小蟋蟀獻給縣官，縣官嫌牠小，對成名大發脾氣。成名便把牠的本領告訴縣官，縣官還是不肯相信。成名便要求當面試驗，讓牠和其他蟋蟀角鬥。小蟋蟀大展身手，把所有的蟋蟀都打敗了，不只這樣，就拿公雞來對付牠，公雞也成了牠的手下敗將，證實了成名的話。

縣官這就獎賞了成名。縣官把小蟋蟀獻給**撫軍**[①]，撫軍十分高興，用金籠子來供養牠，把牠獻給皇帝，

[①]**撫軍**：古代官名，巡撫的別稱，總管一省的民政和軍事。

還寫了一本長篇的奏章，詳細報告了小蟋蟀的奇跡。小蟋蟀到了宮中，皇帝下令拿牠和全國進貢的名種搏鬥，什麼蝴蝶啦、螳螂啦、油利撻啦、青絲額啦，通通都敗在牠的手下。小蟋蟀還有一個驚人的本領，每聽到琴聲，就會跟着節奏跳起舞來。皇上十分欣賞，就把許多駿馬和錦緞賜給那位撫軍。

撫軍想到這是華陰縣官的功勞，要報答他。果然，不久，縣官就得到了朝廷一個政績「卓異」的最高評語。縣官得了獎賞，也就免了成名里正之職，不但這樣，還囑咐**學使**[①]把秀才的資格給了成名呢。

成名的兒子，還是一直昏迷着，一年之後，忽然清醒過來，爸爸媽媽問他覺得怎樣。他説，當他昏昏迷迷的時候，忽然變成一隻小蟋蟀，勇敢善鬥，從縣裏一直鬥到皇宮去，殺敗了無數的蟋蟀，他一心只在想念着爸爸媽媽，現在他很慶幸又回到家裏來了……

也許，皇宮這時又在物色更好的蟋蟀，不過成名已經免役，和妻子兒子共享天倫之樂，也不再和官吏們打交道了。

[①] **學使**：清朝省一級負責考試的官。

夢狼

河北有一個姓白的老人（我們就稱他為白翁吧），他的大兒子白甲，被派到南方做官，已經三年沒有音信了。白翁很掛念他。

有一天，有一位姓丁的親戚來看他，白翁盛情款待。這個姓丁的人據説是常常到**靈界**[1]走動的。白翁跟他談一些冥界的事，姓丁説的都是些離奇古怪、虛無飄渺的事，白翁不太相信，只當他是笑話罷了。

過了幾天，白翁正在睡覺，看見姓丁的又來，邀他到外面遊玩，白翁便和他一起出門。他們走呀走呀走進了一座大城門裏，裏面有一座衙門。姓丁的對他説：「你的外甥就在這裏做官哩。」

白翁聽了，覺得很訝異。因為他的外甥是在山西做縣官的，怎麼會在這裏呢？姓丁的説：「要是你

[1]**靈界**：指陰曹地府等地，不是人間的世界。

知識泉

烏紗帽：用黑紗做的帽子，是古代官員戴的一種帽子。

不相信，就跟我進去看看吧。」白翁進到裏面，果然看見他的外甥頭戴烏紗帽，身穿官服，高高坐在堂上。兩邊排滿了兵丁和儀仗隊，可就是沒人理睬他，不給他通報上去，白翁覺得十分無奈，那姓丁的便拉着他走，說：「你的兒子阿甲的衙門也離這裏不遠，你想見見他嗎？」白翁點點頭就跟着他走了。

不一會，他們就走到一座大衙門面前。姓丁的說：「這裏就是了，你進去吧！」白翁一看，一隻其大無比的狼在門口守着，他害怕起來，不敢進去。姓丁的說：「不用害怕，牠不敢咬你的！」白翁就放膽進去了。到了裏面一座大堂裏，啊呀，更可怕了，堂上堂下，躺着的和坐着的，都是兇惡的狼啊！再看看台階上面，白骨堆積如山，白翁更嚇得面無人色了。姓丁的用身子掩護着他，一直送他到裏面去。

恰在這時，一個人從裏面走了出來，一看，就是白翁朝夕想念着的兒子阿甲。阿甲看見了父親和姓丁的十分高興，請他們到裏面坐着，

衙門

還叫人弄酒菜來吃。席間看見一隻巨大的狼叼着一個死人進來，白翁嚇得渾身發抖，站起來問這是什麼一回事。阿甲説：「沒什麼，不過是送到廚房做菜罷了。」白翁連忙阻止他。可憐的白翁只覺得坐立不安，便想和兒子告辭，可是到處都是狼，不知道怎樣才可以走出去。他正在想着的時候，那些狼忽然大叫起來，亂衝亂撞，有的躲到牀底，有的躲到桌子下面。白翁更加驚恐，不知道是什麼緣故。

就在這時，兩個彪形的**金甲大神**[1]，圓睜雙眼，怒沖沖地走了進來，手裏拿着一條粗黑的繩子，就把阿甲綑了起來。阿甲一頭撲到地裏，變成一隻吊睛白額的大老虎，張牙弄爪，兇惡無比。一個金甲大神把利劍抽出來，想把老虎的頭砍下來。另一位金甲大神卻攔阻了他，説：「別忙，反正明年四月他就逃不過的，不如把牠幾隻牙齒拔掉，**以示薄懲**[2]吧！」他就拿出一個大鐵錘來，叮叮咚咚錘打那老虎的牙齒。老

---

[1]**金甲大神**：天上的武將。

[2]**以示薄懲**：表示對別人小小的懲罰。

虎的牙齒一隻一隻的跌在地上。那老虎疼得狂吼起來，直叫得山搖地動，白翁嚇得渾身冒汗，一嚇，他就醒了，原來還是睡在牀上，做了一個噩夢呢。

白翁醒來，覺得這個夢很怪異，便叫人把那姓丁的請來，但是那姓丁的卻推說有事，不能前來了。白翁心裏更加怔忡不安。他寫了一封信給兒子阿甲，把夢裏所見的告訴他，言詞十分沉痛懇切，叫他好好警惕。他叫第二個兒子阿乙親自把信送到阿甲那裏。

阿乙把信送到哥哥家裏，哥哥一開口招呼他，阿乙便看到哥哥的門牙全掉了，不禁吃了一驚，問他怎麼回事。阿甲說：「那是我幾天前喝醉了酒，從馬上跌下來弄斷的。」阿乙再問那是什麼日子，甲說了出來，恰恰就是白翁做夢那一天呢。阿乙這一驚，更非同小可，就把爸爸的信交給他。阿甲一看信，臉色都變了，過了好一會，才說：「這不過是一種**偶合**①罷了，做夢是無稽的事，用不着那麼大驚小怪的。」因為他那時用錢賄賂了上司，上司提升了他，正在官運

---

① **偶合**：偶然同時發生的事。

亨通，哪裏把這夢幻的事放在心上呢！

阿乙在哥哥那裏住了幾天，看到的都是貪婪的差役，和那些日夜不停來交黑錢、走後門的人。阿乙再看不過了，流着眼淚勸他哥哥。阿甲卻說：「弟弟長住窮鄉僻壤，怎會懂得官場做事的竅門？升官降職的大權，是掌握在上司的手裏而不是掌握在百姓的手裏。你得到上司的歡心，就是好官，你只管愛百姓，怎能得到上司的歡心呢？」阿乙看見他執迷不悟，只好回家去了。

阿乙回家後，把事情經過告訴父親。白翁聽了，傷心得大哭起來，但是也無可奈何。從此，白翁就把家裏的錢，都拿了出來，救濟鄉裏的窮人，還天天向神禱告，只讓那逆子阿甲一人負起惡報，不要連累家人。

到了第二年，有人前來報喜，說阿甲升了吏部員外郎。親友們紛紛登門道賀。白翁只有暗自歎氣，假說有病，睡在牀上不接見賓客。又過了一些時候，有人來報信，阿甲在路上遇到強盜，把他連隨從都殺了。白翁這才起來，說：「我早預料有今天的。天神

只懲罰他一個人，我們家人平安無事，我該感謝神恩了。」有些人安慰他說：「路途遙遠，恐怕是謠傳，未必真的吧？」但是白翁卻信這是千真萬確的，因為出事的日子，正是四月呢。

不過，阿甲其實沒有死。事情是這樣的：

四月那時，阿甲恰恰要上任，帶着幾個隨從上路，遇到了一幫**強人**[①]，攔路截劫。阿甲害怕，把所有的財物都給了他們，但是，那些強人說：「我們不是為着這些東西前來，我們是為着給全縣的人民報仇的。」於是，就把他的頭斬下來了。其餘那些隨從們，平常跟着阿甲作惡的，也都給強人們殺死了。

阿甲死了，他的鬼魂伏在路邊。看到一個穿官服的人，帶着一羣差役走來，他就是一位主管凡人生死的官員。這官員看到阿甲的屍體，便問他的差役說：「死的是什麼人？」差役說：「是白甲。」那位官員說：「哦，是白甲！他罪有應得，是該死的。但是他的父親白翁卻做了很多善事，我不忍叫他老年時受

[①]**強人**：強盜、搶匪。

到兒子**橫死**[1]的悲痛，你把他的頭放回去，叫他復活吧！」那差役就把阿甲的頭撿了起來，那官員又說：「等一等，阿甲是個邪人，不是個正人君子，你就把他的頭歪着放上去就是了。」差役就遵命把阿甲的頭歪向一邊放回脖子上。然後他們就走了。

阿甲的妻子聽到了阿甲被殺死的消息，慌忙走來收屍，卻看見阿甲活着沒有死，只是頭卻歪了，就把他扶起來。阿甲家財也全沒了，千辛萬苦才回到家鄉見白翁。他雖然復活，但是要永遠歪着頭，好像沒面目看人家似的。人們也把他看成**不齒於人類**[2]的人了。

至於白翁那個外甥呢，他聽到了阿甲的事情，便小心謹慎，忠於職守，不做違心的事，最後成了一個受百姓稱讚的好官。

---

[1] **橫死**：不是正常的死亡，而是突然遭人殺死。

[2] **不齒於人類**：不排列在人類的行列，表示極其鄙視。

雷曹[1]

樂雲鶴和夏平子兩人，小時是同鄉，長大了又是同學，成為**莫逆之交**[2]。夏平子小時就很聰明，十歲時他就因文才出眾而知名。樂雲鶴虛心地向他求教，像學生敬重老師一樣。夏平子也認真地指導和勉勵他。因此樂雲鶴的文思也日有長進，和夏平子齊名了。但是，無論他們的學問有多好，到了參加科舉考試，總是榜上無名，十分不得志。

更不幸的是，夏平子不久染上疫症死了。他家裏窮得沒法殮葬他，樂雲鶴便挺身而出，不但處理他的後事，連他遺下的寡婦和孤兒，都負責照顧他們的生活。那怕他家裏有一升半斗的糧食，都分成兩份，把一份送給夏家，夏家的妻兒才能生活下去。鄉親們都稱讚樂雲鶴是個大好人。

---

[1] **雷曹**：天上專管行雷閃電的雷神。

[2] **莫逆之交**：情投意合的朋友。

樂雲鶴家裏田產不多，又替夏平子撫養家屬，家境越來越困難了。他歎息着說：「平子這樣才能出眾的人，還是那麼鬱鬱不得志地死去，我又算得什麼呢？看來讀書做官這條路是行不通的了，倒不如另謀出路，掙多點錢，好讓平子的妻兒也過得好些。」於是他放棄了讀書，去做起生意來，半年之後，成為**小康之家**①。

有一天，樂雲鶴到金陵做生意，在客店歇息。他在吃午飯的時候，看見一個身材高大結實的漢子，一身筋骨都突了出來，在飯桌旁邊，往來徘徊着，臉上籠罩着愁雲，神色黯淡。樂雲鶴便問他：「你想吃飯嗎？」那人沒有回答。樂雲鶴把自己的飯菜推到他面前，他就用手把飯菜抓起放到口裏，狼吞虎嚥，一會兒就把飯菜吃光了。樂雲鶴又替他要了雙份飯菜，一霎眼間他又吃光了。樂雲鶴又叫酒家割了兩隻豬蹄，加了一大疊蒸餅，足夠幾個人吃了，他通通吃光，這才吃飽了肚子，向樂雲鶴稱謝說：「三年以來，從沒

---

①**小康之家**：生活過得去的人家。

有吃過這樣一頓飽飯！」

樂雲鶴便問他説：「你本是一個壯士，為何淪落到這一個地步呢？」那人説：「我的罪是應該受到上天懲罰的，不能説出來的啊！」樂雲鶴問他住在哪裏，他説：「居無定所，陸上沒有我的屋，水上沒有我的船，朝宿鄉村，暮居城廓就是了！」

樂雲鶴整理行裝準備走了，那人卻緊緊跟着他，依依不捨。樂雲鶴勸他別送了，他説：「你快有大難臨頭，我不能忘記你一飯之恩，把你置之不顧。」樂雲鶴覺得他説得奇怪，就和他一起走了，路上拉他一塊吃飯，那人推辭説：「剛才那一頓已夠我飽十幾天了。」樂雲鶴聽了，更加感到奇怪。

第二天，樂雲鶴和那人一起，帶着一大批貨物搭上了一艘商船，船到江心時忽然狂風大作，浪濤洶湧，商船被惡浪掀翻，樂雲鶴和船上其他人全沉到江裏了。可是，那人很快將樂雲鶴救了上岸，隨即又跳到水裏，不一會就拖了一隻船上來，把樂雲鶴扶了上去，吩咐他在船上休息等候。跟着，他又跳到江裏去，將貨物一包一包撈上來。樂雲鶴感激地説：「你救了我一命，我已經感謝不盡了。哪想到還可以尋回貨物呢？」他檢查一下錢財貨物，喜出望外地說：「想不到遭遇了這麼大的災難，才損失了一支**金簪**[①]。」那人一聽，馬上要下水把金簪找回來，樂雲鶴還來不及阻止，他已經跳到水裏了。好一會兒，他又從水裏上來，將金簪交給樂雲鶴，江上的人看見，沒有一個不感到驚奇的。

　　那壯士向樂雲鶴辭行，樂雲鶴十分難過，苦苦把他挽留下來。樂雲鶴把壯士帶回家裏，坐臥一起，親如**手足**[②]，這位壯士十多天才吃一次飯，吃起來那飯量可不得了。有一天，他又向樂雲鶴告辭，樂雲鶴又苦苦的挽留他。這時，天上烏雲四起，快要下雨了，遠處隱隱傳來雷聲。樂雲鶴說：「雲裏不知什麼樣子，雷又是什麼東西？怎能到天上看看，解釋這疑團呢？」那壯士笑着說：「你叫雲鶴，當然有機會上雲端了。哈哈！」

　　一會兒，樂雲鶴覺得很疲倦，就伏在牀上閉目

[①]**金簪**：古代女人頭上的飾物。
[②]**手足**：以手和腳比喻兄弟，表示關係親密。

養神，朦朧間，他醒了過來，覺得身子飄飄然，又不像在牀上。睜眼再看清楚，原來是在雲霧中，身輕得像棉花一樣。他吃了一驚，連忙站起來，好像在船上暈浪似的。用雙腳踏幾下，腳下都是軟綿綿的，接觸不到地面。他抬起頭來一看，只見滿天星斗，就在眼前，他便把這一切都當作做夢了。

不過，他又覺得這不是夢，而是現實。他細看那些星星，一顆顆都是嵌在天上，好像蓮子嵌在蓮蓬裏那樣。星星有大有小，大星像一隻大甕，中等的像壜子，小的像茶盅。他用手去搖那些星星，大的星紋絲不動，小的星卻可以搖得動，看來還可以摘下來呢。他就偷偷摘了一顆，藏到袖子裏。他撥開雲朵往下面看看：到處都是雲海茫茫。下面的城市小得像豆子那樣，他心想：「萬一不小心，失足跌了下去，那就不堪設想了。」

知識泉

袖子：古人寬袍大袖，袖裏縫有口袋，可藏很多東西。

正在這時，樂雲鶴忽然看見有兩條飛龍，拉着一部車子，騰雲駕霧而來，龍尾一轉，就發出了像甩牛鞭也似的響聲。車子上放着幾隻大缸，缸身有幾丈寬，缸裏貯滿了水。車兩側圍着幾十個人，手裏拿着水勺，一勺一勺的把水灑到人間去。他們忽然發現了樂雲鶴站在那裏，都覺得十分奇怪。樂雲鶴細細的看着他們，也覺得十分詫異，原來，他那位壯士朋友也在裏面呢。

壯士立刻把樂雲鶴介紹給他的同伴，說：「他是我的朋友！」並且拿了一個勺子，叫他幫忙灑水。當

時，天旱了很久，樂雲鶴接過了勺子，透過雲層望下界，看到大約是家鄉的地方，便盡情傾潑下去。

過了一會兒，那壯士告訴樂雲鶴說：「我其實是天上的雷曹，掌握雷電，三年前耽誤了行雨的時間，被罰到下界三年，今天剛好期滿，要回到天上，得和你分手了。」接着，拿來一根駕車用的很長很長的繩子，叫樂雲鶴握緊繩子末端，要把他**縋**①到地上。樂雲鶴很害怕，那壯士說：「不會出事的，你放心吧！」樂雲鶴聽他的話，就覺得飄飄然，一下子就到達地面了。他看看周圍，原來正落到自己家鄉的村頭，那條繩子漸漸就收到雲裏去，再也看不見了。當時他家鄉久旱，這次人們都感到天降**甘霖**②，十里外的村子得的水只有一隻指頭那麼深，但是他的家鄉，所有池塘都滿滿的。

回到家中，樂雲鶴摸一下袖裏，他在天上摘下來的那顆小星仍在。白天，這顆星只像一塊平常的石子，晚上就光明四射，把整個房子都照亮，他很謹慎

---

①**縋**：zhuì，粵音序。用繩索綁住人或物由上往下放。

②**甘霖**：甜美的雨水，指地方久旱之後下的雨。霖就是雨水。

地把它收藏起來。

有一天，他做了一個夢，夢見了他死去的朋友夏平子向他說：「雲鶴兄，這顆星就是我的化石。我前身就是天上的少微星，因為感激你對我的友誼，就趁你到天上時和你相見，謝謝你又把我帶回來，我們可說是有很深的緣份，從此你我都不愁寂寞了。」

樂雲鶴高興非常，每到深夜便把這小星拿出來相對，這不但使他想起他的好友夏平子，還使他想到和雷曹的一段奇遇呢。

石清虛

邢雲非，是順天縣人，平生愛好收集奇石，見了好石頭，就不惜千金，總要把它買到手。有一次，他偶然在河裏撒網捕魚，把網拉上來時，似乎給什麼東西墜住，拉不起來。他潛到水裏把它取了上來，原來是一塊一尺**見方**[1]大的石頭，玲瓏剔透，從那一面看去都像峯巒重疊，秀麗可愛。他喜出望外，如獲至寶，給它雕了一個紫檀木的座托，安在案頭上欣賞。每到快要下雨的時候，石頭上每一個小孔都有雲霧升起來，遠遠望去，好像塞滿了棉絮似的呢。

知識泉

紫檀木：一種名貴的木料，木質堅實耐用，常用作名貴家具。

當地有一個仗勢橫行的豪紳，上門來要求看一看這塊奇石，邢雲非不敢不

[1] **見方**：一平方尺。

給他看。那知道這豪紳一看見，就指使他帶來的一個僕人，把石掮走，自己跨身上馬，威威風風的走了。可憐那邢雲非十分無奈，只有頓足悲歎，**徒呼荷荷**[1]罷了。

那僕人把石頭掮到河邊，石頭太重了，他想卸下來歇一歇，那知道一時失手，石頭撲通一聲，跌到水裏去了。那豪紳勃然大怒，把僕人抽了幾鞭子。還馬上出錢僱了潛水的能手，下河去把石頭撈回來，但是無論怎樣搜索，總不見那石頭的一點蹤影。豪紳沒有辦法，只好出重金懸賞，徵求能手把石頭撈出來。從這時起，來尋找石頭的人每天都擠滿了這條河，但是沒有一個能撈到。

過了許久，一切都平靜下來了，邢雲非獨自走到那石頭跌下去的地方，對着河水傷心悲歎。忽然看到在那清澈的河水中，那塊石頭清清楚楚的在那裏，連紫檀座也好好的在一起呢。邢雲非頓時心花怒放，馬上脫了衣服跳到河裏，連石頭帶座托一起抱起來，帶

---

[1] **徒呼荷荷**：徒然歎息，無可奈何。

回家裏，並且不再把它放在客廳裏，而收拾好一間整潔的內室，把它供奉起來。

有一天，有一個老人叩門，要求見一見這塊石頭。邢雲非推說石頭早已被人搶走了。老人笑着說：「你分明把它擺在家裏的，可不是嗎？」為了證實自己沒有說謊，邢雲非把老人請到廳裏親自看看。到進入客廳之後，那塊石頭竟然就在那裏，邢雲非嚇得連話都說不出來。

老人看見石頭，就輕輕撫着它說：「這是我家的舊物，失落已經很久了，原來就在這裏！我既然把它找到了，那麼就請你歸還給我吧！」邢雲非又尷尬又難過，就跟老人爭吵起來，說自己才是石頭的主人。老人說：「你既是石頭的主人，你有什麼記號可以作證？」邢雲非一時答不出來。

老人卻說：「那就讓我說出來吧。我什麼都記得清清楚楚，那石頭前後共有九十二個洞，最大的一個洞裏有五個字『清虛天石供』，你看看就清楚了。」

邢雲非仔細一看，大洞裏果然就有那五個字，比粟米還小，要很留心才可以辨認出來，再數一下那些小洞，正好符合老人說的數字。邢雲非無話可說，可是堅持着不讓老人把石頭帶走。那老人輕輕的哂笑着：「是別人的東西，難道可以由你作主嗎？」他一拱手就走，邢雲非把他送出門外，回到客廳裏，那塊石頭就**不翼而飛**①了。

邢雲非大吃一驚，懷疑老人使什麼手段把石頭拿去，便急急出門，去追趕那老人。那老人正慢條斯理的在前頭走着，邢雲非狂奔上前，拉着老人的衣袖哀求他。老人說：「多怪啊！一尺見方的大石，我手裏可以捏得住，還是袖子可以藏得下呢？」

邢雲非知道老人不是尋常人，便把他拉回家裏，跪下地來求他。老人便問他：「那你得說說，這塊石頭是你的呢，還是我的呢？」邢雲非說：「當然是你的，不過要求你**割愛**②就是了。」那老人說：「你既說清楚了，石頭也就回來了。」邢雲非到內室一看，果然石頭還在那裏。

老人便對邢雲非說：「天下間的寶物，應該給愛

---

①**不翼而飛**：沒有翅膀卻可以飛，形容一樣東西突然不見了。

②**割愛**：割棄心愛的東西。

惜它的人。這塊石頭會自己選擇自己的主人，我也很高興。不過，它急於要在世上出現，現身得太早了，也就免不了劫難。我本來想把它帶走，三年之後才送給你，但是你這麼堅決要留着它，你得減少三年的壽命，它才可以跟你終身結伴，你願意犧牲那三年的陽壽嗎？」邢雲非堅決地說：「我願意！」老人隨即用兩隻手指把石上的小洞像軟泥一樣捏合了，一連捏合了三個，說：「石上面小洞的數目，就是你活着的歲數。」說完就要走，邢雲非再三挽留，怎麼也留不住，問他的姓名，他也不說，就逍遙地走了。

又過了一年多，邢雲非因事到外地去，一個晚上，有小偷摸進他家，什麼都不偷，就是偷了那塊石頭。邢雲非回家，懊喪得要命，他四出訪查、收購，全無蹤跡。過了幾年，他偶然到報國寺遊玩，看見古董攤上擺賣着一塊石頭，竟是自己尋找了多年那一塊。他立即上前把它要回來。那賣石頭的人不服氣，一直把石頭背到縣府衙門裏，各執一詞。縣官叫他們說出石頭的特徵，那賣石頭的把石頭上小孔的數目說了出來，邢雲非問他，還有什麼，他就答不上了。邢雲非就說出了大孔裏的五個字，和那三處捏過的指痕，就贏了官司。縣官要把那賣石頭的人打板子，那人說是花了二十兩銀子買來的，縣官才釋放了他。邢雲非得回了這塊石頭，用錦緞包好，用匣子藏好，久不久就拿出來欣賞一番，每次都是先點上一爐好香，才把它拿出來。

有一個**尚書**[1]知道邢雲非有這麼一塊寶石，便願意出一百兩銀子向他購買。邢雲非回答他：「就是給一萬兩也不賣！」尚書很惱火，暗中用計陷害他，把他關進監牢裏。家裏人把田產都典賣了，買通衙門上下人等，千方百計要把他救出來。尚書叫人暗示邢雲非的兒子，只要把石頭送給他，就萬事大吉了。兒子把這話告訴邢雲非，邢雲非寧死也不肯將石頭送出。邢雲非的妻了和兒子暗中商量，把石頭送到尚書家裏，邢雲非這才得到釋放回家。但是，當他知道這一切的時候，他簡直發了瘋，把妻子大罵，把兒子痛打，還多次**自經**[2]，幸虧都給救回來。

---

[1]**尚書**：古代官名，明清兩代是政府各部的最高長官。

[2]**自經**：自縊，一種自殺的方式。

有一晚，邢雲非做了一個夢，夢見了一個身材高大的男子，自稱是石清虛，勸他不要那麼悲哀。那石清虛說：「我不過和你分開一年多罷了，明年八月二十，天濛濛亮時，你拿兩貫錢，到海岱門那裏，就可以把我贖回來了。」邢雲非醒來，相信那就是他的寶貝石頭給他報夢，就再不悲哀，謹記着那日子就是了。

那塊石頭到了尚書家裏之後，竟像普通石頭一樣，沒有出現天將下雨就飄出雲霧的奇跡，日子一久，尚書也就不珍惜它了。到了第二年，尚書因犯罪革了職，不久也就死去了。

邢雲非按着石清虛告訴他的日子，到海岱門去。尚書的家人把石頭偷了出來，正在那裏兜售，邢雲非就用兩貫錢，把它買下來了。

邢雲非活到八十九歲——恰恰是石上的洞的數目，他預知自己要死了，便自己買了棺木，又吩咐兒子，一定要把那塊石頭殉葬。他死後，兒子都遵照遺囑做了。到了半

知識泉

殉葬：古代的一種風俗，逼迫死者的妻妾、奴隸等隨同陪葬，也指用俑和財物、器具陪葬。

年左右，有賊盜墓，偷走了石頭，等到邢雲非的兒子知道後，已經無法追究了。

過了兩三天，邢雲非的兒子正帶着僕人走在路上，忽然看到兩個人汗流滿面，跌跌撞撞的跑過來，爬到地上，朝着空中跪拜說：「邢先生，請不要追逼，我們偷了這塊石頭，不過賣了四兩銀子。」邢雲非的兒子一聽，就把這兩個人綑送官府去。一審問就什麼都招認了。

縣府把贓物起回，縣官看見這塊石頭，也愛不釋手，起了貪念，想據為己有，便下令官卒把石頭扛到庫裏寄存。那些官卒把石頭抬起來，石頭忽然跌在地上，碎成幾十片。人們都大驚失色。縣官只好判把那兩個盜墓的人重重的打了一頓板子，就釋放了。

至於那石頭的碎片呢。邢雲非的兒子小心地一片片收拾起來，放回父親的墳墓裏。他想，這樣父親就永不寂寞了。

羅剎[1]海市

有一個年青人，名叫馬駿，長得非常漂亮，性格開朗，風流瀟灑。他又喜歡歌舞，常常跟一班梨園子弟結交，有時興致來了，便用那錦繡的絲巾圍在頭上，簡直就是一個絕色的姑娘，因此人們又把他稱做「俊人」。

知識泉

梨園子弟：歌舞、戲劇演員。唐玄宗愛好歌舞，在皇宮裏的梨園，養了許多能歌擅舞的人，稱為梨園子弟。以後就把歌舞、戲劇演員泛稱梨園子弟。

馬駿又是一個資質聰明的人。十四歲進入郡裏的官家學校讀書，神童幼慧的名聲，便遠近傳聞。他的爸爸是個商人，這時已年老體弱，沒有精力再經營了。他對馬駿説：「你頭腦靈活，聰明過人，但是光靠唸那幾本書，肚子餓了不能用來當飯吃，身上冷了不能拿來當衣服穿。我看你還不如繼承父業，做點小生意，賺點錢維持生活，倒還實際些。」

---

[1] **羅剎**：外貌醜陋的惡鬼。

馬駿聽了爸爸的話，便開始學做生意，跟着一批商人乘船出海採購貨物。

船揚帆出發，遠離陸地，到了一望無際的大海上。馬駿從沒出過遠門，看過這廣闊的景色，精神為之一振，可也在這時，平靜的大海突然掀起了巨浪，風雲變色，暴烈的颱風把船吹翻，馬駿給巨浪捲走，經過了幾晝夜，把他沖到一個沙灘上。他勉強爬起來，看看那裏竟是一個城市。他又餓又渴，身體又軟弱無力，就到城中請求人們給他援助。

這是一個陌生的城市，奇怪的是，那裏人來人往，竟然每個人都是面目猙獰，相貌奇醜的。更奇怪的是，他們一看見他，都嘩啦嘩啦地連喊帶叫地四散奔逃，竟沒有一個人理睬他。馬駿起初覺得害怕，繼而弄清楚，原來那些人是在害怕他，把他當成了什麼妖魔鬼怪了。於是他便壯着膽子，向着一個小飯店跑過去。店裏的人見了他慌忙逃避，於是他就在飯店裏飽餐一頓，他實在太餓了。

這樣過了幾天，馬駿的體力已恢復了，他再不在這市鎮逗留，向着遙遠的綠陰深處走去，看看找不找

到友善的人。

果然，那裏是一個鄉村。那裏的人樣子雖然不像剛才城裏的人那麼難看，但是衣衫襤褸，像叫化子那樣。為了不去驚動他們，他先在樹下歇一歇。

那些村人不敢直接走到馬駿身邊，只是從遠處看他。後來，覺得他不像吃人的怪獸，便稍稍往前。馬駿温文爾雅地向他們微笑，跟他們交談。雖然彼此説的語言不同，但是加上了聲音手勢，竟可聽懂了大半。馬駿告訴他們自己生長在哪裏，又如何在海上遭遇到颱風。村人都非常同情他，高高興興地告訴左鄰右里，這位只是來自異鄉的客人，是不會抓人來吃的。但是，村子裏相貌奇醜的人只是從遠處對他看看就走開，始終不敢接近他。只有那些長得沒有那麼醜陋，口、眼、耳、鼻在臉上的位置和馬駿差不多的就來招呼他，還殷勤地用酒飯來接待他呢。

馬駿和村人慢慢熟絡起來了，便問他們為什麼這樣害怕他。他們説：「從前聽見祖父説，向西面二萬六千里的地方，有一個叫中國的國家，那裏的人長相奇醜，看見了嚇怕人。我們聽了都很害怕，現在親眼看見了，怎能不吃驚呢？」

馬駿又問他們為什麼生活那麼貧苦，村人便告訴他說：「我們的國家最重視人的相貌，不重視人的才能。長相俊美的，可做到國家的**上卿**①，相次的，就做中、下級的地方官，再次一等的，也可以享受貴人的賞賜，得到食物來養活妻子。至於我們，生來醜陋，被認為是不祥之物，許多在一出生時就被拋棄了。那些倖存下來的，只不過是父母為了傳宗接代，勉強留下來，只能靠勞苦的工作來養活自己。」

「你們的國家叫什麼？」

「大羅剎國。」

「你們的國都在哪裏？」

「離這裏只有三十里，往北就是。」

馬駿便請他們帶他前去觀光。村人答應了，次天，雄雞一叫，就起來前去，到達京城的時候，天才大亮。這個京城的建築很奇怪，牆都是黑色的，有百尺之高，不用瓦蓋屋頂，而是用一種紅色的石蓋在上

---

①**上卿**：古代高級的官員。

面。馬駿在地上撿了一小片來看，像紅豔豔的丹砂，把它塗在手指甲上，竟像婦女塗的指甲油一樣。

這是皇帝退朝、朝廷大臣下班的時候了。村人指着一個人給馬駿看：「這是相國，因為他長得比誰都標緻。」馬駿一看，這人一雙耳朵，向後兜風，鼻大無比，有三個鼻孔，睫毛蓋住眼睛。跟着的大臣就是一品、二品、三品等官，都是奇形怪狀的，官職越低下的，樣子就稍稍沒那麼醜。

知識泉

相國：就是丞相。古代輔佐君主的職位最高的大臣。

馬駿在觀看這些人的時候，這些人也在觀看着他。一看見他的樣子，都嘩然大叫，跑得跌倒在路上，好像看見怪物一樣。後來村人們多方面解釋，他也是人，不過只是從中國來的人。大家才敢站定，從遙遠的地方望他。

從此，全國便知道來了馬駿這一個怪人。那些達官貴人，都很想親眼看他，好開開眼界，命令村人帶馬駿到家裏來。但是村人把他帶到每一戶人家時，那些看門人一看見，便手忙腳亂，砰的把門關上。那些好奇的男子漢和姑娘，只是偷偷的從門縫中偷窺，竊竊私語，總沒有哪個大戶人家，敢請他進去的。

後來，村人告訴馬駿說：「這裏有一位官職是執戟郎的人，是**前朝**[1]的元老，代表**先王**[2]出使外國多次，看見過各種各族的人，可能他見了你見怪不怪，不會害怕的。」他們就帶着馬駿拜訪他。這位執戟郎果然熱烈歡迎，把馬駿奉為上賓。

知識泉

執戟郎：古代負責警衛皇宮的武官。戟是古代一種武器，執戟保衛皇宮的武士，就像現代持槍的衛士一樣。

馬駿看看這位執戟郎，年紀有八、九十歲了。鬍子枒杈，一雙眼睛突了出來，威風凜凜，十分可怕。他告訴馬駿說：「我從前奉先王之命，出使許多國家，只可惜沒有到過中國。想不到活到了一百二十多歲的今天，竟然在這裏遇到上國人物光臨敝國。這非奏知皇上不可。不過，我已經退休了多時，十多年沒有上朝了。明天一早，我和你一起上朝面謁天子吧。」

---

[1]**前朝**：先前一朝。

[2]**先王**：死去的前朝皇帝。

他就把馬駿留下來，用豐盛的酒席招待他。席間還叫年青的女子歌舞助慶。這些所謂美貌的女子，頭上裹着白布，身上穿着拖地的紅色裙子，一個個都像夜叉一樣可怕，唱的腔調也是離奇古怪，不知所云。但是那主人卻聽得非常投入，沾沾自喜，問馬駿說：「你們中國也有歌曲嗎？」馬駿說：「有！」主人就請他試唱一曲給他聽。馬駿不假思索，一面用手在桌子上輕拍着，隨口跟着節拍唱了一首歌。主人聽了，又驚又喜，說：「啊！真是奇妙極了，簡直就是龍吟鳳嘯的聲音，我一輩子沒聽過這麼好的音樂的！」

到了第二天，執戟郎便請馬駿一起跟他上朝，叫馬駿在殿外稍候，等他奏准國王接見他。國王聽了執戟郎的介紹，十分高興，立即要召見馬駿。但是有幾個大臣，卻對國王說這人貌醜驚人，怕嚇着了國王。於是國王就決定不見他了。執戟郎沒辦法，只好出來告訴馬駿，十分惋惜，又一起回家去了。

馬駿住在執戟郎家裏一段時期了。有一天，他和執戟郎一起喝酒，喝得有點醉意了，便把煤煙塗黑了臉，扮成張飛的樣子，拔劍起舞。執戟郎覺得他美極了，對他説：「請你就扮作張飛的樣子去見相國，相國一定樂於重用你，高官厚祿，不在話下了。」馬駿説：「嘿！這不過逢場作戲，玩玩罷了，怎好改頭換面去圖榮華富貴呢？」但是，執戟郎一再勸他，馬駿只好答應試一試。

次日，主人設宴招待宰相和當朝的大官們，叫馬駿裝成張飛的樣子，出來會客，客人們見了，都驚訝地説：「怎麼從前那麼醜陋，現在那麼漂亮呢？」於是請他一同喝酒，喝得興高采烈。馬駿在席間翩翩起舞，唱起那市井流行的弋陽曲，各人都為之傾倒，喝采不已。

知識泉

弋陽曲：弋陽腔是流行於江西弋陽縣的一種戲曲腔調。這裏認為是一種俗腔。馬駿奏了俗腔，受到羅剎國王欣賞，説明這裏美和醜，雅和俗的看法都是顛倒了的。

到了第二天，眾人上朝，紛紛在國王面前推薦馬駿，國王高高興興地用隆重的禮節召見了他。見面以後，國王向馬駿詢問了中國安邦治國之道，馬駿清清楚楚的作了回答，得到國王的誇獎，立即在行宮設宴。喝酒喝到面紅耳赤的時候，國王問他：「聽説你會高雅優美的歌舞，你能給我表演嗎？」馬駿馬上離

席，模仿當地人用白錦纏頭，搖擺着紅色的長袍，唱起了那古裏古怪的腔調。國王開心之極，馬上封他為下大夫。

從此，國王常常召馬駿到皇宮裏參加宴會，對他的恩寵竟在百官之上。時間久了，百官對他有了疑忌，漸漸有人發現了他的假面目。他每到一個地方，都發覺有人在竊竊私語，指手劃腳，對他冷落起來。因此，他在朝廷上越來越孤立，他自己也感到心裏不安了。他上**表**[①]要求辭官退休，但是國王卻不批准，後來請求短期休息，國王才答應了。

馬駿駕着馬車，載着國王賞賜的金銀財寶，回到從前那個山村，村裏人都跪着迎接他。馬駿把那些金銀財寶分給他認識的人，人們都歡聲雷動。他們說：「我們這些平民們，想不到得到大夫這麼重大的賞賜。明天我們就要到海市去，搜集一些珍奇的寶物，來報答大夫。」

馬駿一聽，動了好奇心，便問他們：「海市在哪

[①] **表**：大臣給皇帝的奏章。

裏？」

村人説：「海市就是海上的市場。四海的**鮫人**[①]，都把珍寶帶來趕集。有十二個國家，從四面八方到來，一起做交易。到時不少神仙在那裏玩耍，弄得雲霞遮天，波濤洶湧。我們這裏的富貴人家，都不敢冒險到那裏做買賣，只是把錢交託我們，代他們買一些奇珍異寶回來。現在，離海市的日期不遠了。」

馬駿説：「你們怎麼知道海市趕集的日子呢？」

村人説：「我們每逢看到海上有紅色的鳥兒往來飛翔，再過七天海市就開放了。」馬駿問準了日期，説要和他們一起去見識一下。村人都勸他不要冒險。馬駿笑着説：「我本來就是一個闖蕩四海的人，還害怕什麼風險呢？」

不到幾天，船就啟行了。馬駿跟着村人一起上船，這隻船有着平的底，高的欄杆。同行有幾十人，有十個人同時搖**櫓**[②]，像箭也似的飛過水面。船在海上航行了三天，遠遠看見波光雲影中間，出現了層層

[①]**鮫人**：傳説中生活在大海的人魚之類的生物，哭時眼淚會變成珍珠。

[②]**櫓**：lǔ，粵音老。長而大的船槳，通常安裝於船尾。

疊疊的亭台樓閣，那些來自遠方的貿易船隻，穿梭往來，好像蠕動着的螞蟻一樣。一會兒，船到城下，看見周圍的城牆，足足有一個人那麼高，城牆上守禦的城樓，就高聳到雲裏去了。馬駿他們拴好了船，到城裏去，市上陳列的貨品，琳琅滿目，光彩四射，這些奇珍異寶，都是人世間少見的。

正在這時，一位少年乘着高頭駿馬從遠處走來，那些路人都叫着：「東洋三**世子**[①]來了！」都紛紛給他讓路。那世子走過馬駿身邊，看着他說：「這位莫不是異鄉來的人？」就叫人到馬駿面前，問他是從哪裏來的。馬駿很恭敬地站在路邊，向世子作揖，把自己的來歷告訴他。世子很高興地說：「既然從遠方光臨，我們的緣份不淺，請您到家裏一敍吧！」他就叫人牽了一匹馬來，和他並**轡**[②]而行。

他們出了城西，到了岸邊，兩匹馬忽然長嘶一聲，跳到水裏。馬駿正嚇得失聲大叫，霎時海水已在他面前向兩面分開，就像兩堵牆似的聳立在兩旁讓馬

[①]**世子**：指太子或王侯的兒子。

[②]**轡**：pèi，粵音秘。控制馬匹的韁繩。

知識泉

玳瑁：爬行動物，似龜，生長在熱帶海中，甲殼有美麗的花紋，被視為寶石的一種，能製作成較高貴的裝飾品及用具。

兒通過。一會兒，馬兒便把他們帶到一座巍峨的宮殿前面，這宮殿的樑是用玳瑁做的，屋瓦是用魴魚的鱗疊成的，四壁晶瑩透亮，像鏡子一樣照見人影，光彩奪目。

馬駿下了馬，世子拱手請他到宮裏去，看見龍君高高坐在寶座上。世子便啟奏：「孩兒今天在海市那裏，遇見這位中華賢士，特地帶他前來參見父王。」

馬駿向龍王下拜。龍王說：「馬先生既是飽學之士，想必有驚世的才華。希望你不要吝嗇你那美如珠玉的文采，揮動那**如椽**的**大筆**①，給我們寫一篇『海市賦』來。」

馬駿連聲答應，龍王就叫人把文房四寶拿出來，硯台是水晶的，筆毛是龍的鬚，紙像雪一樣潔白，墨像蘭花一樣芳香。馬駿文思敏捷，頃刻之間，就寫出了一篇洋洋千言的文章。

---

①**如椽大筆**：椽是屋樑，如椽的大筆，是恭維人家的大手筆，這是對寫文章的人的客套話。

龍王看了那篇文章，拍手叫好，說：「先生才高學廣，真給我們水國增光不少！」他馬上召集了龍親龍戚，在采霞宮設宴招待馬駿。乾了幾次杯之後，龍王舉杯對馬駿說：「寡人有一個最鍾愛的女兒，還沒有許配人家，想把她嫁給先生，不知先生意下如何？」馬駿連忙離席站起來，表示深深感謝，願意高攀。

龍王就對左右的人低聲吩咐了幾句，不一會，有幾個宮女，扶着公主出來。只聽見那環佩叮噹作響，跟着就鑼鼓喧天，他就和公主互相對拜，舉行了婚禮。他看看公主的容貌，美麗得像天仙一樣，行過禮之後，她就回到宮裏去了。

跟着，酒席也完畢了，兩個小丫頭挑着宮燈，把馬駿帶到副宮去。這時公主已在盛妝等待着他。珊瑚的大牀，嵌滿了各式珠寶，牀帳的**流蘇**①，掛上了大顆的明珠，被褥又香又軟，房間的擺設，遠非人間可比。

---

①**流蘇**：布簾、帳幕邊垂下的像鬍鬚一樣的飾物。

到了第二天，馬駿向龍王謝恩的時候，龍王又封他為駙馬都尉。龍王把他的『海市賦』傳給四海龍王看，那幾位龍王都十分讚賞馬駿的才華，紛紛請他赴宴。他出入都坐着**青虬**[①]，武士們前呼後擁，威勢十足。而且跟隨他的儀仗，馬背上有彈箏的少女，車裏有吹笛的能手，那才是真正高雅的音樂呢。

但是，還有一種聲音使他更動心的。

龍宮中有一株玉樹，樹幹大得可以合圍，晶瑩得像白琉璃一樣，樹幹有心，是淡黃的顏色。葉子像濃綠的碧玉。馬駿常常喜歡和公主在濃蔭下休息、作詩、談笑。

當花開滿樹的時候，紅霞一片。花的形狀像梔子花一樣，每一片花瓣落到地上，發出鏗鏘的聲音，拾起來一看，好像瑪瑙雕成的一般，晶瑩可愛。這時就有一種陌生的鳥飛來，這種鳥兒全身的毛金碧色，拖着長長的尾巴，發出的聲音像哀婉的玉笛，動人肺腑。

[①] **青虬**：qiú，粵音求。傳說中的獨角青龍。

聽到了這陌生的鳥兒的哀鳴，馬駿便想起了還在故鄉的父母。他對公主說：「我離家已有三年了，一想到年邁的雙親，常常不禁涕淚沾襟，汗流浹背，你能不能和我一起回鄉去呢？」

公主說：「仙境、人間是兩個世界，恐怕沒有這個可能了，但是你也不能因為我就拋棄了你的雙親的，讓我跟父王說說吧！」馬駿聽了，就流下淚來。

第二天，龍王對馬駿說：「我聽說你掛念雙親，很想回去，這也是人之常情，明天我就叫人給你準備行裝吧！」

馬駿說：「我得到大王的恩寵，十分榮幸，這次回家歸省父母，將來再回來團聚就是！」

到了晚上，公主為馬駿設宴話別。十分悲哀。馬駿和她商量再會的日子。公主說：「這裏是神仙境界，你一離開，就不能再回來，我們相處的幸福日子也不會再有了。」馬駿便傷心流淚。公主說：「人生百年，其實也不過像一天那麼短暫，而我們有了真誠的愛，那才是天長地久，時間和空間，都不能阻止我們，讓我們永守諾言，忠實於愛情吧！」於是她送了一些紀念品和珠寶給馬駿，到天亮的時候，她乘着白羊車送馬駿離開水國，揮手道別。馬駿上了岸，一回頭，只見海水一片茫茫，什麼都看不見了。

馬駿回家之後，見了雙親，他們都以為馬駿在風浪中死去。看見他回來，驚喜交集，重敍天倫之樂。

馬駿從此就堅守他對公主的諾言，終生不娶，他常常到海邊徘徊、瞻望，但再也沒有路到龍宮去了。

張誠

明朝末年，山東大亂，有一個姓張的人，妻子給清兵擄走了。他就到河南避亂，後來成了家，生了一個兒子，取名阿訥。但是不久，這第二個妻子又病死了，他又娶了一個繼室，生了一個兒子，取名阿誠。

這個繼室牛氏，生性非常狠毒，經常虐待長子阿訥，把他像奴僕一樣來使喚，把最粗劣的飯菜給他吃。每天都叫他上山砍柴，限令他砍一擔回來，砍不夠數就將他痛罵和毒打。可是她對待自己的兒子阿誠，又是另外一套，好吃的、鮮美的東西都留給他吃，還送他到**學塾**[1]讀書。

張誠逐漸長大，懂得了孝順父母和友愛兄長。看到哥哥這樣勞苦，心裏十分不忍，暗中勸告他的媽媽，但是媽媽總是不聽他的。

[1]**學塾**：古時私人收徒教書的學校。

有一天，阿訥又到山上砍柴，還沒有砍完，就遇上了狂風暴雨，只好跑到山岩下面躲避。到了風停雨歇，天色已經昏黑，肚子又餓得咕咕作響，只得挑着柴回家。後母一看到柴不夠數，就大發脾氣，不給他飯吃。可憐的阿訥餓得飢火燒心，四肢無力，便癱睡在牀上。

弟弟阿誠放學回來了，看見哥哥那樣子，便問他是不是生病。阿訥說：「不是生病，不過肚子餓罷了。」阿誠知道了哥哥挨餓的原因，便難過地走了出去，過了一會，他又回來，從懷裏把幾個燒餅拿出來給哥哥吃。張訥問他這些餅是怎麼得來的，他說：「我偷了家裏一些麪粉請鄰居阿嬸給我做的，你別作聲，只管吃好了。」張訥很感動地吃了這些餅，對他說：「以後再別這樣幹了，事情一洩露，就會連累你的。」阿誠說：「但是，哥哥，你身體本來就很孱弱，哪能砍那麼多的柴呢！」

到了第二天，張訥又上山砍柴，卻看見張誠已在山上了。張訥問他：「你來做什麼？」張誠說：「我來幫哥哥砍柴！」張訥說：「誰叫你來的？」張誠

說：「我自己來的！」張訥說：「別說你不懂得怎樣砍柴，就是你懂得，也不該到這裏來啊！」就催着他快快下山上學去。

但是無論哥哥怎樣勸說，弟弟總是不肯回去，而且噼噼啪啪地用手用腳來攀折樹枝，還說：「明天我得把斧頭帶來。」哥哥上前攔阻他，卻發現他的手指已被樹枝刺傷，鞋子也給樹枝戳破了。他禁不住哭了起來，說：「弟弟，你還不下山，我就用斧頭自殺了。」弟弟這才回去，哥哥一直把他送到半路才回來。

張訥打過柴徑自到學塾去，對那位塾師說：「我弟弟年紀幼小，請你好好的管教他，別讓他到處走，山上的虎狼多着呢。」那**塾師**①說：「今天上午他不曉得哪裏遊逛去，我已把他鞭打了一頓！」

張訥回家，對弟弟說：「你不聽我的話，挨了鞭子了。」阿誠笑着說：「沒有那麼一回事！」到了第二天，阿誠果然帶了斧頭到山上來。哥哥看見了，大

---

①**塾師**：在學塾教書的老師。

嚇一驚說：「我叫你不要來，為什麼偏要來呢？」但是張訥怎麼說，張誠也不聽，反而越砍越快，汗流滿面也不休息，直到砍足一綑柴，也不和哥哥說一聲，就下山去了。他回到學塾，塾師責罰他，他便把實情告訴塾師，塾師稱讚他做對了，也就不再阻止他。從此，張誠每天都抽些時間幫哥哥砍柴。

有一天，兄弟倆和幾個人在山上砍柴的時候，忽然來了一隻猛虎，把

張誠叼走了。張訥拚命的追了上去，揮起斧頭用力劈過去，把老虎的腿劈傷了。老虎受了傷，帶着張誠發足狂奔，轉眼就不見，沒法追蹤了。張訥悲痛地哭着，人們越勸解他，他越是悲傷。他說：「我這個弟弟，不是尋常的弟弟，他是為我而死的，他死了，我活着也沒有意思了！」他就用斧頭**刎頸**[①]自殺。眾人慌忙搶救，那斧頭割進肉裏已有一寸多深，鮮血像噴泉那樣湧了出來，人也昏倒了。

眾人都給嚇壞了，便從衣服上撕下了布條，給他包紮了傷口，扶着他回家。牛氏看見，便大哭大罵：「你害死了我的兒子，想這麼割一

[①] **刎頸**：用刀子割頸。

下脖子就推卸過去嗎？」張訥忍痛呻吟着說：「母親不要煩惱。我能夠起來一定上山找尋弟弟，如果弟弟真的死了，我決不會活下去！」

他躺在牀上，創口鑽心地疼痛，沒法入睡，只能靠着牆坐着，整晚痛哭。父親怕他也死去，不時拿點東西餵他吃，但牛氏一看見就痛罵，阿訥只好不吃，折騰了三天，他也死了。

張訥一心惦念着怎樣去救弟弟，竟然不知道自己已經死了，還飄飄蕩蕩走了出門，捱着創痛也要尋找弟弟的下落。忽然看見前面有點耀眼的光，就掙扎着往前走，那點光越來越亮，他抬頭一看，原來天上有一個菩薩，滿身光彩，照得天上地下一片通明。他跪下來向菩薩禱告，菩薩用一條楊柳枝，向他身上灑下些甘露，跟着霧散光消，苦薩也不見了。他摸一摸頸上的傷口，已經癒合，一點也不痛了。

張訥一覺醒來，身在牀上，原來他已死去了兩天，後母不給埋殮，他又復活了。他告訴父母他死時的遭遇，說菩薩

知識泉

甘露：甘香的露水，一般用來形容觀音菩薩用楊枝灑下的露水，認為能夠普救眾生的。

救了他，一定是為了讓他有機會去尋找弟弟。可是那後母一點也不相信他的話，硬說是他捏造出來的，罵得更兇了。張訥便向父親說：「爸爸，我上天下地，穿雲入海，都要把弟弟找回來，找不到弟弟，我也不回來了，爸爸就當我死了就是。」父親拉着他到沒人看見的地方，兩人相對痛哭，可是也不敢留住他。

張訥離開了家，到處尋訪弟弟的消息，總是沒有頭緒。他越走越遠，身上的錢都花光了，他只好一邊向人乞討，一面尋找。一年之後，他到了南京。衣服已破爛不堪，飢寒交迫，連腰都挺不起來了。有一次，他偶然碰到十幾個人騎馬走來，他急忙避到路邊，看到當中有一個四十多歲的大官模樣的人，被這些騎馬的人簇擁着，前呼後擁，好不威風。在這個官員旁邊，有一個少年，騎了一匹小馬，幾次回頭來看他，張訥知道他是貴家公子，不敢抬頭看他。

可是，那少年突然停鞭勒馬，稍停一停，便翻身下馬，朝着他說：「你不就是我的親哥哥嗎？」張訥這才抬起頭來看他，天啦，這不是弟弟張誠還是誰呢？他撲過去緊緊握着弟弟的雙手，痛哭失聲。阿誠也哭起來，説：「哥哥為什麼會流落到這個地步呢？」張訥就從頭到尾，把一切經過告訴他，一切一切，都是為了找尋這親弟弟啊。張誠聽了，哭得更傷心了。

那個大官員看見這情況，就叫一個騎馬的衛士問問什麼一回事，衛士將事情真相報告長官，長官聽了，就叫衛士們騰出一匹馬來讓張訥騎上，兄弟倆就**並駕齊驅**[1]，跟着那官員回家了。

張訥細細的和弟弟談到別後的情況，才知道那老虎叼着張誠，走了不少路。他昏頭昏腦，也不知給拖了多少時候，就被丟棄在路上。昏昏迷迷的過了一天，剛值着這位張**別駕**[2]從京城回家，在路上發現了他。張別駕看見他長得秀氣可愛，就把他救起來，用車子載他回家，讓他留在家中治傷養病，好幾天才恢復了健康。這位張別駕沒有兒子，就把他認作乾兒子，十分疼愛他。剛才就帶他郊遊回來呢。

兄弟倆在談着的時候，張別駕進來了，張訥連

---

[1] **並駕齊驅**：兩匹馬肩並肩的走着。

[2] **別駕**：古時的官名。

連向他道謝。張誠到房間拿出新的衣服來，給哥哥換上，然後擺上了酒菜，三個人邊喝酒邊談話。張別駕問張訥說：「你們一族在河南，想必是**人丁**[1]發達吧？」張訥說：「沒有，鄉間就我們一家，因為我父親本來是山東人，後來才遷移到那裏的。」別駕說：「真巧了，我的祖先也是山東人，你們是屬於山東哪一個府的？」張訥說：「我聽父親說，我們是東昌府的。」張別駕驚訝地說：「那麼我們就是同鄉呀！你們為什麼遷居到河南呢？」張訥說：「因為清兵入境，把父親的前妻擄走，父親從前到過河南經營生意，那一帶比較熟悉，就在河南安下家來了！」張別駕更驚訝了，便問：「令尊叫什麼名字？」張訥回答了他，別駕聽了，眼睛瞪得大大的，跟着低頭想了一下，就急步走到內院去了。

不一會，張別駕扶着他母親太夫人出來了。張訥兄弟倆齊齊向她下拜。太夫人問張訥說：「原來你就是張某人的兒子嗎？」張訥回答說：「是的！」太夫

---

[1] **人丁**：家裏的男子。

人禁不住大哭起來，對張別駕説：「他就是你的弟弟啊！」張訥兄弟倆都摸不着頭腦。太夫人對張訥説：「我嫁給你父親三年，就天下大亂，我就是你父親被搶走的妻子，那時已懷了你的哥哥。到了北方之後，被迫嫁給一個軍官，半年之後，就生下你的哥哥，再過半年，那個軍官也死了。我獨自撫養你哥哥長大成人。我始終懷念家鄉，一方面讓你哥哥仍舊姓張，一面派人到山東打聽你爸爸的音訊，那知道毫無下落，怎麼會想到他遷居到河南去呢！」

太夫人對張別駕説：「現在什麼都弄清楚，你把自己的弟弟認作乾兒子，真是糊塗極了。」別駕説：「我問過他是哪裏人，他只説是河南人，沒有説出山東的根，大概他年紀太小，不知道這些來龍去脈了。」於是他們重新排過，別駕四十一，是大哥，張訥二十二，該排第二，張誠十六，是弟弟。張別駕突然有了兩個弟弟，高興得什麼似的，吃飯、睡覺都在一起。

為了安慰母親思家之念，張別駕就把房產都賣掉，帶着母親和張訥、張誠這兩個弟弟，一起離開金

陵，到河南找爸爸去。

張誠首先跑回家裏報信。

他一進到家門，看見四壁蕭條，庭院荒蕪，原來他的母親牛氏早已死了。他傷心得幾乎昏過去。然後他看見了那年老的父親，孤零零的一個人，淒涼地守在空屋裏。見了張訥和張誠，父親悲、喜、驚訝交集，一時說不出話，竟大哭起來。跟着，張訥告訴他，張別駕和他母親都到來了，他馬上停了哭泣，自己也不知道是悲是喜，呆呆的僵立在那裏。到張別駕和太夫人進來的時候，滿頭白髮的太夫人撲過來握着他的手，他才又和她相對痛哭起來。

他彷彿做了一場大夢，不過，過去的通通都是惡夢，現在好夢才開始呢。

思維導圖 1 故事脈絡梳理

（精選書中四個奇趣故事）

故事脈絡梳理

聶小倩

開端：寧采臣在一座古廟裏歇宿時，遇到劍俠燕赤霞，以及一個美麗的少女聶小倩。

發展：小倩見寧采臣不受財色誘惑，正直可靠，於是向他求救，並透露自己是女鬼，但被夜叉鬼要脅而謀害人命。寧采臣帶小倩回家，但寧母怕鬼，不肯接納小倩。

結局：小倩用心照顧寧母，寧母最終同意二人結婚。寧采臣還用燕赤霞送的劍囊收了夜叉鬼。

畫皮

開端：王生遇到一個正在逃亡但無處可去的女子，於是讓她藏在自己家裏。一個道士指王生有邪氣圍繞，死期將至。

發展：王生發現那女子是惡鬼，穿上人皮假裝是人，急向道士求救。女鬼發惡，把王生的心挖了出來，但被王生的妻子搶回去。

結局：道士收了惡鬼，並受到王妻的真心打動，幫王生復活。

促織

開端
皇帝下旨每年要百姓進貢蟋蟀，下面的官員借機向百姓敲詐勒索。成名是一個低級小官，他不忍心欺壓百姓，但又交不出蟋蟀，快被打死了。

發展
成名根據妻子求神問卜得到的提示，捉到一隻好蟋蟀，準備用來交差。可是他的兒子不小心弄死了蟋蟀，更害怕得掉進井裏死了，成名兩夫妻痛不欲生。後來兒子復蘇，但神情呆滯。

結局
成名上交了一隻細小但鬥無不勝的蟋蟀，縣官、撫軍以至皇帝都很高興。撫軍和縣官得到賞賜，成名也有得益。成名的兒子清醒過來，說自己在昏迷中變成勇敢善鬥的小蟋蟀。

羅剎海市

開端
馬駿跟一批商人乘船出海採購貨物，但遇到颱風，被沖到大羅剎國的沙灘上，發現那裏的人很怕他。

發展
馬駿把臉塗黑，在大羅剎國得到官職。後來他跟村民去海市做買賣，遇到東洋三世子，三世子把帶他帶回龍宮。龍王很欣賞他的才學，還把女兒嫁給他。

結局
馬駿想念故鄉的父母，於是辭別公主和龍王，並堅守他對公主的諾言，終生不娶，但他再也不能回龍宮了。

思維導圖②人物形象分析

（精選書中四個奇趣故事）

人物形象分析

聶小倩

寧采臣

寧采臣品行端正，因此不受財色誘惑，也不怕鬼怪。他聽了小倩的故事，不怕危險，毅然答應幫小倩脫離夜叉鬼的魔掌，是一個勇敢、有仁義之心的人。

聶小倩

聶小倩是一個年輕美麗的女鬼，被迫幫夜叉鬼做壞事，小倩對此非常不情願，更不忍心傷害正直的寧采臣，可見她心地善良。為了報答寧采臣，她在寧家做事盡心盡力，最後得到好結局。

畫皮

王生

王生見到女子年輕貌美就動了心，是一個貪圖美色、花心的男人。他不聽妻子勸告，不肯趕走那個女子，結果被女鬼的（美色）害死，是作者對他的懲罰。

王生妻子

王生的妻子勸丈夫送走那個來歷不明的女子，以免惹上是非，顯得有點怕事。不過，她很愛她的丈夫，竟敢冒險在惡鬼手上搶回丈夫的心。

促織

成名

成名是一個老實的讀書人，他考幾次秀才都考不上，卻因一隻小小的蟋蟀得到了秀才的資格，代表了當時無奈和悲哀的讀書人。
他不忍心敲詐百姓，情願用自己的財產補貼、自己捉蟋蟀交差，是當時黑暗政治下的受害者。

成名兒子

一個九歲的孩子，因為好奇心幾乎丟了性命。政治和社會的黑暗，使無辜的孩子也深深受害。
他化成戰無不勝的蟋蟀，讓父親可以交差，更改變一家人的命運，後來因想念父母而回家，繼而清醒過來。

成名妻子

她與丈夫一樣是善良的人。她建議丈夫自己捉蟋蟀交差，又去求巫師指點，就是不想欺壓百姓。雖然兒子弄死蟋蟀使她和丈夫很生氣，但兒子的死亡使他們更痛心，是命運悲慘的可憐人。

羅剎海市

馬駿

馬駿長得好看，喜歡歌舞，而且自小聰明過人。在大羅剎國，他的美貌反而使他不受歡迎，他要扮醜才能得到官職。可是他在水國能用真面目示人，更以真才實學得到龍王賞識。
他很愛水國的公主，但不會因為生活過得富貴安逸，就忘記仍在故鄉的父母，是一個孝順、重情重義的人。

思維導圖③ 主題思想及感悟

（精選書中四個奇趣故事）

主題思想及感悟

聶小倩

主題思想

貪財好色的人會遭遇禍害，而品行端正、心存善念的正人君子，不受財色誘惑，更會為正義挺身而出，救助弱小。即使是力量弱小的人，也要保持善良的本性。

感想感悟

品行端正、心地善良的人，儘管遇到危險和困難，最終都會迎刃而解。這個故事告訴我們要心存善念，惡人有惡報，好人會有好報。

畫皮

主題思想

惡鬼知道世人貪戀美色，用畫得好看的人皮偽裝成美女。王生只看到女子表面的美麗，卻不知道裏面是面目猙獰的惡鬼，結果自招殺身之禍。

感想感悟

在古代以至現代，現實生活中有不少人在裝神弄鬼。這個故事告訴我們，無論是人是鬼，都不能只看表面，要懂得識破各種偽裝。

促織

主題思想

官員為了討好上級、博取升遷機會，不擇手段地欺壓百姓，揭露和批評當時政治腐敗、官場黑暗的現象。在這樣的環境下，受苦的只是老百姓，以及像成名這樣老實、善良的人。成名的命運和情緒因為蟋蟀而大起大落，悲劇色彩濃厚。

感想感悟

一隻小小的蟋蟀，使無數百姓受害，家破人亡。成名的兒子化成蟋蟀，改變了家人的命運，但現實中的老百姓卻未必有機會擺脱悲慘命運，更加表現出百姓所受的壓迫之深。

羅刹海市

主題思想

大羅刹國的美醜標準與當時的中國相反，他們更以美醜來決定人的地位和官職高低，不重視人的才能。有才有貌的馬駿在這裏不受歡迎是理所當然的，暗示和諷刺現實社會也有這樣的問題。另一方面，有真才實學的馬駿能得到水國龍王的欣賞，這裏才是讀書人的理想國度。

感想感悟

馬駿的才學在他父親眼中是不能吃飽肚子的，在大羅刹國更是毫無用處，可見當時讀書人是多麼的無奈和痛苦。

故事討論園

1. 你對本書的哪一個故事印象最深刻？為什麼？

2. 《聊齋》藉着鬼怪的故事表達了作者對社會黑暗的不滿，從〈席方平〉、〈促織〉、〈夢狼〉這個三故事中，你能看出當時老百姓的生活是怎樣的嗎？

3. 作者在故事中也歌頌了美好的品格，你認為書中哪一個角色最值得讚揚？為什麼？

4. 你認同〈種梨〉中道士教訓梨販，把他的梨子分給路人的做法嗎？試説一説你的看法。

5. 如果你是〈嶗山道士〉中老道士的徒弟，每天要做粗活，又遲遲未學到法術，你會怎樣做？

6. 〈羅刹海市〉中的羅刹國以人的美醜決定官位的高低。在現實中，你認為任命官員應該考慮哪些因素呢？為什麼？

梅、蘭、竹、菊——植物中的四君子

〈黃英〉中的馬子才十分喜愛菊花，原來在中國傳統上，菊花和梅花、蘭花、竹子並稱為「植物四君子」，古人根據它們的特性，把它們象徵了不同的高尚品格，因此它們深受文人雅士的喜愛。究竟它們各象徵了什麼品格呢？

梅花

梅花耐寒，即使在嚴寒大雪的情況下仍然盛開，所以被視為最有骨氣的花。它象徵了不畏艱苦、堅毅不屈的頑強精神。

蘭花

蘭花生長在遠離世俗人煙的深山幽谷裏，形態優美，花香清雅，顏色素淡，不與百花爭豔，給人一種優雅脱俗的氣質，因此它象徵了高潔、不媚俗的品格。

竹子

竹子中間空心，質地堅硬，形態挺拔，象徵了虛心謙卑、正直剛強的品格。竹子的表面有節，所以也象徵了君子堅守正義的「氣節」。

菊花

菊花能抗寒霜，多在百花凋謝的晚秋開放，不與百花爭妍鬥麗，象徵了淡泊名利的清高品格，因此，菊花更有「花中隱士」的美譽。

作者小傳

蒲松齡 *(1640-1715)*

蒲松齡，字留仙。山東淄川縣人。他一生著作豐富，大都是通俗的詞曲、詩文。現在多已失傳。只有《聊齋志異》一書，成為後人家喻戶曉之作。全書包含了短篇志異小說四百多篇，被人譽為中國短篇小說的頂峯，在清代掀起了一段文言短篇小說創作的高潮。十八世紀起已被陸續翻譯成日文及西洋各國文字。在日本明治時代，就風行一時，文學界深受它的影響。迄今為止，《聊齋》有20種以上的外文譯本，蒲松齡被公認為世界性的偉大作家。

蒲松齡生在明朝末年，長於清朝初年，動盪的社會使他有深刻的感受。他參加了好幾次科舉考試都名落孫山，一生鬱鬱不得志，只能在農村裏靠着筆耕過日子。他出生的淄川縣有着悠久的文化傳統，還有數不盡的充滿神奇色彩的故事，使他得到獨特的薰陶，而他長期接觸貧苦大眾，對當時政治制度和社會現象的腐敗體會深刻，因此他就藉着神仙、鬼怪、狐精、花妖等故事，揭露社會的黑暗和抒發心裏的不平。他是一個文學通才，詩詞歌賦，無所不精，行文既風雅又活潑，創造出一種雅而不板，俗不傷鄙的語言和簡明卻又細膩的敘事風格，處處引人入勝，開了卷就愛不釋手。

名著讀書筆記

書名: ______________________________

作者: ______________________________

主要人物：____________________________________

故事梗概（選擇一個故事，簡要描述故事的開端、發展、轉折點、高潮和結局）

我的觀點（描述你對故事的看法，包括喜歡的角色、情節或值得思考的主題）

喜歡的場景或章節（描述你最喜歡的場景或章節，並解釋為什麼）

有趣的發現（記錄你在閱讀過程中發現的有趣事實或引人入勝的細節）

引用的句子（選擇你最喜歡或最有啟發的句子，並解釋為什麼）

推薦程度（根據你的閱讀體驗，你會給這個故事幾顆愛心呢？）

♡ ♡ ♡ ♡ ♡

新雅 • 名著館

聊齋（附思維導圖）

原　　著：蒲松齡
撮　　寫：黃慶雲
繪　　圖：陳巧媚
策　　劃：甄艷慈
責任編輯：周詩韵、張斐然
美術設計：何宙樺、徐嘉裕
出　　版：新雅文化事業有限公司
香港英皇道 499 號北角工業大廈 18 樓
電話：(852) 2138 7998
傳真：(852) 2597 4003
網址：http://www.sunya.com.hk
電郵：marketing@sunya.com.hk
發　　行：香港聯合書刊物流有限公司
香港荃灣德士古道 220-248 號荃灣工業中心 16 樓
電話：(852) 2150 2100
傳真：(852) 2407 3062
電郵：info@suplogistics.com.hk
印　　刷：中華商務彩色印刷有限公司
香港新界大埔汀麗路 36 號
版　　次：二〇二四年四月三版

ISBN: 978-962-08-8376-7

18/F, North Point Industrial Building, 499 King's Road, Hong Kong
Published in Hong Kong SAR, China
Printed in China